鶴川日記

白洲正子

PHP
文芸文庫

○本表紙デザイン＋ロゴ＝川上成夫

復刊によせて

　母の書いたものなどほとんど読んだことがなかった私は、復刊にあたり「はじめに」の執筆依頼をいただき、しかたなく読んでみることにいたしました。

　私と遊んでくれることなどあまりなかった母ですが、私が鶴川で暮らしてきた記憶の多くを彼女と共有していることを発見しました。

　母が鶴川での三十年間の日々を書いてから、ほぼ同じ年月が経ちました。この三十年間の周囲の変化はすさまじく、母と私が共有している記憶は、もはや我々家族が暮らしていた家（「武相荘」として公開中）の敷地の中にしかもう残っていないような気がします。昔と違って子どもたちも塾やお稽古ごとで忙しいせいでしょうか、私が小さかった頃のように、日の暮れるまで遊び回るという光景も見られなくなりました。

　今なら月も出ていない真っ暗な人気のない夜道で誰かが歩いてきたら警戒しますが、当時はおばけのほうが怖く、知っている人に決まっているので、誰かに会えばかえってほっとしたものです。そのまま、その人たちが家まで送って下さったこともしばしばありました。

母からは直接聞いたこともない、歴史上の人物になりつつある方々のことや、私がお目にかかったことのある方たち、私の友人のお爺様のことなども書かれていて、興味深いものがありました。今後、友人たちと酒の肴になりそうな話がいっぱい書かれています。

母が祖父（私にとっては曽祖父）について綴っている中で、朝食の際、目玉焼きを丹念に刻んで雀に与える場面があります。その同じ光景を私も祖父（母にとっては父）に、見たことがあるのも不思議に思いました。

この本を読んでくださる皆様にも、一緒に過ぎ去った日々を偲んでいただければ、幸いでございます。

平成二十二年一月

牧山桂子

鶴川日記　目次

復刊によせて　牧山桂子　5

鶴川日記

鶴川の家　12
農村の生活　17
村の訪問客　31
鶴川の周辺　53

東京の坂道

富士見坂から三宅坂へ　62
永田町のあたり　66
麴町界隈　70
国府路の町　74

番町皿屋敷　78
靖国神社の周辺　82
一ツ木の憶い出　86
赤坂　台町　90
赤坂から麻布へ　94
伝通院と後楽園　98
神楽坂散歩　102
八百屋お七と振袖火事　106

心に残る人々

ある日の梅原さん　112
熊谷守一先生を訪ねて　131
熊谷先生の憶い出——追悼　137

芹沢さんの蒐集　141
バーナード・リーチの芸術　151
牟田洞人の生活と人間　158
角川源義さんの憶い出　172
北小路功光『説庵歌冊』　176
祖父母のこと　182
あとがき　194

鶴川日記

鶴川の家

私どもが鶴川に住んで、三十六、七年になる。現在は町田市に編入され、大きな団地などが建っているが、当時は南多摩郡のささやかな寒村にすぎなかった。そのころ、東京では食料が不足しはじめ、鶴川に知人がいたので、お米や野菜を買い出しに行っていた。この辺は多摩丘陵の一部なので、山や谷が多く、雑木林では炭を焼き、山あいには田圃《たんぼ》がひらけて、秋は柿と栗がたくさんとれる。買い出しに行って、夕方おそく田圃道を歩いていると、螢《ほたる》が顔にぶつかるほど飛んでいて、草葉にすだく虫の音がかまびすしい。こんな所に住んだらさぞかし命がのびるだろうと、そのたびごとに羨ましく思った。

私は東京生まれの、東京育ちであるが、子供のころ、一年の半分くらいは、富士の裾野で暮らしていた。茅葺《かやぶ》き屋根の大きな百姓家だった。紫の富士の山を目の前に、とうもろこしの葉ずれの音を聞きながら過ごした日々のことが、未《いま》だに忘れられない。ふる里はどこかと聞かれたら、私はためらわずに富士の裾野と答えるであろう。それは故郷をもたぬ都会人の、はかない慰めかも知れないが、とにかく私は都会より田舎が好きで、事情が許せばいつでも東京から逃げだしたいと思っていた。外国の生活が長いので、戦争がこわいことも知っていた。自給自足ができて、空襲からも逃れることができれば、それに越したことはない。

そう思っていた矢先、鶴川に売家がいくつもあることを知った。が、いずれも駅から遠いので、子供たちが学校へ通うのに困る。一年くらいあちこち見て回ったであろうか、ある日、駅から歩いて十五分ほどの山の麓に、大きな柿の木にかこまれて、こんもりと建つ茅葺き屋根の農家が目にとまった。「あんな家に住んでみたい」冗談半分にそういうと、案内人は真にうけて、その日のうちに交渉してくれた。話はとんとん拍子できまり、戦争がはじまるとすぐ引っ越すことになるのだが、はじめてその家を見に行った時は驚いた。

そこには老人の夫婦が住んでおり、息子さんはどこか遠くへ働きに出ていた。年をとって、もう畑仕事はできないし、家の修理も怠っている。ぼろぼろの茅葺きからは雨が洩《も》り、床はぬけて畳を敷くこともできない。土間へ入ったところの右手には風呂場があり、その隣に牛小屋があったが、年老いた夫妻は、日当たりの悪い奥のひと間に、息をひそめるように暮らしていて、「せめて電車の見えるところに引っ越したい」とつぶやいた。
こんな気の毒な人たちを追いたてるようなことになっては心苦しいと思ったが、案に相違して喜んでゆずって下さったのは幸いであった。が、今ならこのような古い家を買う勇気はないに違いない。若い時だからできたことなのだ。それもこれも縁あってのことだろう。おかげで私たちは東京からも、借家住居からも解放されて、はじめて自分の家を持つことができた。

百年以上も経た家は荒れはてていたが、さすがに土台や建具はしっかりしており、長年の煤《すす》に黒光りがして、戸棚もふすまもいい味になっていた。私はまず大黒柱を磨くことからはじめた。村の若者は大方兵隊にとられていたので、年をとった大工さんが一人で修理をうけもった。白洲は大工仕事が好きだったから、そちらの方の監督に当たり、週に二、三回は鶴川村へ足を運んだ。そのころ世間はいやなことばかりだったので、家の手入れをするのがどんなに大きな慰めとなったかわからない。だが、材料も人手も不足している中では、工事は遅々としてはかどらなかった。

あれはたしか昭和十七年四月のことだったと思う。東京にはじめての空襲があった。それは空襲とは呼べないほどあっけないもので、艦載機がやって来て、爆弾を数発落として行った。突然サイレンが鳴りわたり、市中はにわかに色めき立った。私は二階の窓から眺めていたが、ところどころに黒煙が上るのを見て、覚悟はしていたものの恐ろしかった。自分のことはともかく、子供たちが心配だった。一日も早く鶴川へ引っ越した方がいい。そう思ったら矢も楯《たて》もたまらず、ひと月もたたぬ間に東京を逃げだした。

家はまだ住める状態ではなかったが、そんな贅沢をいっている余裕はない。間もなく屋根の葺《ふ》き替えがはじまり、私どもは納屋に移った。農村では、屋根替えのことを「普請」というが、確かにそれは普請と呼ぶにふさわしい大仕事であった。

寒中に刈った茅は、庭から道ばたへかけて、山のように積みあげられ、家のまわりには高い足場を組む。やがて、屋根から古い茅がはがされると、家は垂木《たるき》と棟を残すのみで、丸はだかになってしまう。棟梁《とうりよう》、といっても半農半工の屋根屋さんで、手伝いの人夫も村のお百姓さんである。そのころ東京では、隣組と称するものができていたが、ここには徳川時代以来の「組」があり、七軒の農家で形成されていた。冠婚葬祭は、すべてその「組」が取りしきり、互いに助け合うので、お金は一文もかからない。屋根替えの時も、「組」の方たちが手伝いに来て、よそ者の私たちを仲間の一員として扱って下さったのは、未だに有りがたいことに思っている。

屋根替えは一生に一度の大事業とされているが、いわば素人の手によって行なわれたそれは、実に見事なものであった。茅の束の受け渡し、縄の結びかた、鋏《はさみ》の入れかたに至るまで、一定の規則があり、棟梁の指図のもとに、一糸乱れず運ばれる。私にもう少し知識があれば、後世のために書き残しておけるのだが、残念なことにそんな力はない。ただあれよあれよと見とれるばかりであった。

全部葺きおえるには、半月以上かかったであろうか。最後に棟梁が屋根のてっぺんに登って、東の棟の突端に「水」の字を、西には「寿」と切りこむ。火除けのためのお呪《まじな》いである。そこで普請は完了するのだが、私どもにとっては、生涯忘れることのできぬ感激の一瞬であった。

農村の生活

引っ越しの当日は、七軒の「組」の人々が、みな手伝いに来て下さった。昔ながらの共同体の意識が、農村にはまだ残っていたのである。村の子供たちも珍しがって、見物にやって来た。庭前の茶畑のうしろからのぞいているので、「こっちへいらっしゃいよ」というと、蜘蛛《くも》の子を散らすように逃げ去った。私どもが村の生活に馴《な》れるには、その後長い年月がかかったが、子供たちはすぐ友達になり、毎日一緒に山野をかけめぐっていた。

そのころの鼻垂れ小僧どもが、今は立派な大人になって、あるいはガソリン・スタンドを開いたり、テニス・コートを経営したり、会社に勤めたりしている。私どものことを、何と呼んでいいかわからなかったようで、家の子供たちと同じように、パパ、ママといっていたが、四十年近くたった今日でも、たまたま道で出会ったりすると、いきなり「ママ」と呼ばれてびっくりすることがある。そういう時は涙がこぼれるほどうれしい。私どもの息子や娘も、それぞれ家を持って、孫もいるが、幼な友達の昭ちゃん、洋ちゃん、やっちゃんなどとは、昔のままのつき合いをしており、一生そうあってほしいと願っている。

私どもが住んでいるところは、鶴川村能ヶ谷《のうがや》といったが、土地の人は更にこまかくわけて「裏谷戸《うらやと》」と呼んでいた。鎌倉にも「谷」と書いて、ヤツと訓《よ》ませる地名が多いが、ヤトもそれと同義語で、最近整地されるまでは、無数の谷が入りくんでおり、何々ヤトといって区別していた。

村には同じ苗字《みようじ》の家が多いので、それぞれに「屋号」があった。「オッコシ」はたぶん尾根越しの意で、鎌倉街道に面した山の入り口に建っている。「ゲンキヤ」は現金で物を売る家とかで、当時はそういうことが珍しかったのだろう。そのほか「古屋敷」「坂下」「屋根クボ」「スミヨシ」などという屋号もあった。私どもの家は、「タムケエ」(田に向かった家)といったが、屋号は人間に付随するものらしく、前の持ち主の老夫婦が、後々までもその名で呼ばれていた。そして、いつのころか、だれいうともなく、私どもの屋号は、集落の名をもらって、「裏谷戸」と呼ばれるようになった。

そのころ東京では、週に何度も防空演習が行なわれていた。隣組がバケツや火たたきを持ちよって、火を消す訓練をする。そういう時には、必ず狂気のように熱中する人がいるもので、少しでも不熱心だと、非国民呼ばわりをされた。本格的な空襲がはじまれば、バケツなど何の役にも立たぬことは知っていたが、口に出すとどんな目に会うかわからないので、みな黙々と命令にしたがっていた。万事につけてその調子で、思い出すだに不愉快な毎日であった。
それにひきかえ農村の防空演習は、至って呑気なもので、むしろ楽しかったといえるかも知れない。田圃の中に、「さいの神」のお祭りをする空き地があり、そこに組の連中が集まって、焚火をする。バケツや箒《ほうき》のかわりに、お茶とお菓子を持ちより、演習が解除になるまで、世間話に打ち興じるのであった。

農村の生活は、何もかも珍しく、どこから手をつけていいか、はじめのうちは見当もつかなかった。自給自足を志したまではよかったが、お米も炭も野菜も作ろうというのでは、虫がよすぎた。が、さいわい野良仕事を手伝ってくれる屈強の若者がいた。別の地域のお百姓さんであったが、草薙きいちゃんといい、後に私どもの家にいたお手伝いさんと結婚して、以来ずっと世話になっている。その人を先生に、見様見真似で畑仕事をはじめた。きいちゃんにとっては、さぞかし迷惑なことであったろう。かたわら「組」の方たちにも、何かとお世話になったことはいうまでもない。

私どもが居ぬきの家を選んだのは、生活に必要なお茶、筍、蕗《ふき》、茗荷《みょうが》、こんにゃく、さんしょ、などが手近にあるだけでなく、古い農家は釘を使っていないので、移転すると元の形をくずすからである。そういうことを私は、富士の裾野の別荘で経験ずみだった。百年以上も住みなれた農家には、土に根が生えたような落着きがあり、四季折々の食物にも事を欠かない。そういうものは一朝一夕で育つはずがないことを、住んでみて私ははじめて実感した。

前の持ち主が、植木が好きだったので、庭には木の花、草の花が、四季を通じ咲き乱れていた。山には女郎花《おみなえし》、桔梗《ききょう》、りんどうなどが自生し、谷にはえびね蘭《らん》や春蘭が至るところに見いだされた。そういう野草も、いつの間にか消えてなくなり、今残っているのは山百合と野菊ぐらいである。野鳥もたくさんいた。一番多いのはこじゅけいだが、雉《きじ》は今でも時々見かけることがある。今年は六月十三日の午前一時ごろ、ほととぎすの初音を聞いた。窓をあけてみると、「ほととぎすなきつるかたを眺むればただ有明の月ぞのこれる」の歌そのままの風景であった。

羽をひろげると一メートルもある梟《ふくろう》や、鷹《たか》も住みついていたが、近ごろはとんとお目にかからない。鷹は小さくてもさすがに威厳があり、庭の木にとまって、羽づくろいをしていると、小鳥がさわいだ。小鳥の中では、ひたきが毎年同じ木の枝に来てとまったことを思い出す。土地の人は「紋つきばかっちょ」と呼んでいたが、紋つきは（羽に白い紋があるので）わかるにしても、何故バカッチョなのか、たぶん私などの知らないところで、間ぬけなことをする鳥なのかも知れない。

そのほか、名前も知らぬ野鳥が無数にいたが、鳥類図鑑をめくってみても、私にはわからないものが多かった。遠くから飛んで来た渡り鳥なのだろう、おそろしい勢いでガラス戸にぶつかって、目をまわすこともしばしばある。そういう時は、赤チンをつけて、水を与えてやると、やがて息をふき返し、うれしそうに飛び去って行く。その間に、鳥類図鑑をひっぱり出して、しげしげと観察するのだが、私にはどれもこれも似ているように見えるのは、よほどその方面の才能を欠いているに違いない。

私はものに凝るたちなので、畑仕事に熱中し、朝は露をふんで畑に出、夕べには星をいただいて帰るという日々がつづいた。雑草を一本も残さず取り終わった後のさわやかさ、はじめて自分の作った野菜を口にした時のおいしさは、何物にもかえがたい。原稿を書き終えた時の解放感には、なおいくばくかの不安と不満がつきまとうが、戸外の労働はもっと直接的で、五体にしみ渡るような満足をおぼえる。私は健康になった。カルチユア（文化）という言葉は、カルティヴェート（耕やす、培う）から出ていることを身をもって知ったように思う。

そういうある日のこと、畑で草を取っていた時、空襲のサイレンが鳴りわたった。ふと空を見あげると、大きな飛行機が、銀翼を輝かせて、悠々と飛んでいる。きれいだと思った。それがB29であると知ったのは後のことで、それから毎日きまった時間に、欠かさず飛んで来た。これも後に知ったことだが、彼らは偵察に来て、克明な写真を撮っていたそうである。彼らのすることは、何でもそういう風に計画的で、緻密であるに対して、こちらはバケツと竹槍で立ち向かおうというのだから、どだい無理な話である。

B29はハンコで押したようにやって来て、そのたびにサイレンが鳴ったが、至って無害なので、農村では依然として、のどかな毎日がつづいた。そのうち、きれいだなどといっていられなくなる時が来た。東京に空襲がはじまったのである。

飛行機の編隊は、富士山を目あてに回って来るので、いつも鶴川の上空を通る。新聞には勝った話ばかり出ていたが、その編隊が次第に数を増し、空襲がひんぱんになるにつれて、負け色が濃くなって行くのは目に見えていた。幸いなことに、鶴川村にはほとんど被害はなく、ほんとうの空襲の怖ろしさも知らずに終わったが、最後のころの艦載機の爆撃はすさまじかった。例によって空襲警報が出たので、何となく空を見あげていると、突然東の山すれすれに、多くの戦闘機が現われた。所沢から日本軍に追われて、互いに機関銃を撃ち合っていたのである。逃げる時は低いところを飛ぶものらしく、目にもとまらぬ早さで谷間を右往左往する。アメリカ人の操縦士の顔がま近に見え、はげしい爆音が家をゆるがせた。私は子供たちをかかえたまま、ベッドの下にもぐりこんだが、ずい分長い時間のように思われた。が、実際にはわずか数分のことであったらしい。

その時の戦闘で、来栖《くるす》大使の令息が戦死された。私どもは親しくしていたので、その報告をうけた時は悲しかった。彼はアメリカ人との混血児で、稀にみる美男である上、心の優しい青年であった。混血児であることは、当時の陸軍ではずい分辛いことであり、そのために人一倍勇敢にふるまったのであろう。その心情を察すると、いまだに哀れに思われてならない。

農村の生活は、自然に順応して、すべてが都合よく循環していた。必要以上にむさぼらないのは、野生の動物と同じである。たとえばお茶の木は、どの家にも、ちょうど一年分をまかなうだけ植えてあり、雑木林は、きまった区域を、毎年伐採して行くと、十年でひと回りする。その間に、最初の年に伐《き》った木が、育っているというわけだ。そういうことを「輪伐」といったが、太い幹や枝は炭に焼き、細い柴《しば》木《き》は薪《まき》になる。落葉の末に至るまで、こやしに使えるといった工合で、むだになるものは一つもない。

暮れの二十八日にはお餅をつき、小正月と春のお節句にも、お餅をたべる。お彼岸やお盆の行事も盛大に行なわれた。中でも印象に深いのは、「さいの神」のお祭りで、そこでは子供たちが主役であった。一月十六日の夜に行なうしきたりであったが、その前日に子供たちが四、五人で、家の竹を切りに来る。昔からそういう習慣になっていたらしい。昭ちゃんが手下をひき連れて、かしこまって挨拶に来たことを覚えている。村の少年はそういう風にして、自分たちの仕事と行儀を身につけて行った。

家の前の田圃の一郭に、その竹を束ねて、大きな「どんど」を作る。やがて、十六日の夜になると、それに火をつけ、盛んな炎が天を焦がし、竹のはじける音が村中にひびく。それを合図に、どの家からも子供が飛び出して来る。手に手に、お団子をいっぱいさした枝を持ち、それを火にあぶってほおばる。大人も去年のお札やだるま様やお護《まも》りを持ちよって、火にくべた。そうすることによって、去年の汚れと災いを洗いきよめ、新しい生命を身につけたのである。

地方によっては、「とんど」とも「さぎちょう」とも、あるいは単に「山」とも呼ばれるが、いずれもさいの神（道祖神）の祭りであることに変わりはない。こうして書いてみてわかるのは、古いお札などを持ちよる大人は過ぎ去った年を、子供は未来の生命を現わすことである。もしくは、去年の死と、来年の誕生を象徴するといってもよい。枝にさしたお団子は、飛驒の「餅花」ほど見事ではないが、やはり稲の花を模したもので、来たるべき豊作のお呪《まじな》いであろう。

毎年きまった時期におとずれる旅の職人や芸人もいた。今でも能ヶ谷神社のお祭りには、旅芸人がまわって来るが、私どもが移って来る以前には、飛驒の指物師が来たそうである。土地では「飛驒のたくみ」と呼んでおり、家の屋根裏には、彼らの作った行燈《あんどん》や机が残っていた。仕事を頼まれると、彼らはその家に何日でも滞在して、材料は家の木（おそらく前年に伐ってかわかしておいたのだろう）を用いたから、わずかな手間賃で済んだ。交通が不便な時代には、それがどんなに便利であったことか。単に便利なだけでなく、娯楽の少ない村の人々は、旅のまれびとのおとずれを、待ちこがれていたに相違ない。そうして諸国の動静を知り、こちらの情報も伝えて、全国に知識と技術がひろまって行った。日本の手工芸の発達は、旅の職人に負うところが多い。

「富山の薬売り」も、毎年同じ時期にまわって来た。そういう職人や商人は、戦後はまったく影をひそめたが、富山の薬売りは、近代的な形で復活したことを、最近テレビのコマーシャルで知った。伝統の力は根強いものである。

特に私の興味をひいたのは、山窩《さんか》の「箕《み》作り」であった。精悍《せいかん》な顔のおじいさんが、寒中になるとやって来て、一年分の箕や竹籠を作ってくれた。竹は寒中に切らないと、水分をふくんで長もちしないからである。おじいさんは、家の竹藪の前に、むしろを敷いて座り、鋭い刃物で、竹を裂き、裂いては編んで行く。その手さばきは流れるように美しく、見ていて飽きなかった。籠の数は、私より彼の方がくわしく、「まかしておき」といって、黙々と仕事をした。

山窩の本拠は、丹沢山の奥にあるらしい。彼らは今でも日本中を風のように渡り歩いていると聞くが、前に福井県へ取材に行った時聞いた話では、全国に四、五万人もちらばっているという。もちろん、真偽のほどはわからないが、このおじいさんのように、里へ降りて来る職人と、山にこもったきり出て来ない人もいる。三角寛の小説を愛読していた私は、色々のことを知りたかったのに、おじいさんはほとんど質問に答えてはくれなかった。

はじめのうち私は、山窩の習性を知らなかったので、お茶を土間に出すと、家の中へは絶対に入らない。「遠慮しないで下さい」とすすめても、首をふる。近所の人にたずねると、お茶は縁側に出すものだ、と教えてくれた。もしかすると私は、大変失礼なことをしたのかも知れない。村の人々も特別扱いはしなかったが、彼らの側の掟《おきて》はきびしく、我々とは常に一線を画していた。日本の文化は、たとえば芸能でも、手工芸でも、かくれた山びとの手によって発達したものが多いが、そういう技術はぜひ残しておいてほしいと思う。私が楽しみにしていた「箕作り」の来訪も、戦後二、三年で途絶えてしまった。あのおじいさんは健在であろうか。どこか山奥の村里で、今でも黙々と箕を作っているのだろうか。

私どもは、村の結婚式にも招かれた。農家の婚礼は、朝早くはじまって、夜中までつづく。「田」の字に造られた家のふすまは全部とりはずされ、冬でも障子があけ放ってある。そこの縁先まで、近所の子供たちが、時には大人も見物に来る。床の間には洲浜《すはま》がかざられ、嫁入り道具が所せましと並んでいる。私どもの結婚式よりは、はるかにおごそかなもので、どちらかといえば、お祭りの気分であった。

衆人環視の中で、三々九度の杯が取り交わされるが、私にとって一番困るのは、

「高砂」を謡わされることだった。もうそのころには、お酒がかなりまわっており、息が切れて弱ったが、杯を辞退することも、「高砂」を遠慮することもできないような雰囲気で、お祭りは延々と、夜が更けるまでつづくのであった。

空襲がはげしくなると、東京では強制疎開がはじまり、鶴川村も目に見えて人口がふえた。せっかちな私どもが、一足先に東京から逃げだした時、国賊呼ばわりをした人々が、今度は「先見の明」があるといって褒めた。その同じ人々が、戦争が終わって、世の中が落ち着くと、「こんな草深いところに、よく我慢していられる」とせせら笑った。近ごろでは、地所の値段が上がったので、また何かとうるさいことである。世の中とはそんなものだろう。だが、私どもは別に「先見の明」があって引っ越したわけでなく、地価が上がることなど考えてもみなかった。早くいえば単なる趣味の問題で、ここをついの住処《すみか》としてえらんだにすぎない。馴れるまでには、いろいろ誤解をうけたり、辛いこともなくはなかったが、「住めば都」とやらで、今はたのしい思い出しか残ってはいない。

チェホフの小説に、田園の生活を描いた作品がある。今、その本が見当たらないので、題は忘れたが、都会の若い夫婦が、理想に燃えて、田舎へ引っ越して来る。奥さんは無類の善人である上、信仰心が深く、無知な村びとに、神様を信じるようにすすめたり、不潔な生活を改めさせようと、毎日熱心に説いてまわっている。時には、死にかけた子供を救ったこともあり、病気の老婆を見舞うなどして、その努力は涙ぐましいほどである。彼女も善行をほどこすことに、大きな満足を味わっていたが、深くつき合えばつき合うほど、村の人々は感謝するどころか、次第に悪意を持つようになり、夫婦はついに居たたまれなくなって、村を去ってしまう。自分たちはあんなに親切にしてあげたのに、どこが間違っていたのか、人の好すぎる彼らには、永久に合点が行くはずもなかった。

彼らが住んでいた家に、またしても都会から、若い夫婦が引っ越して来た。前の持ち主とはちがって、かたく門戸をとざし、村の人々とはつき合いもしない。必要以外に、口をきくこともなかった。ところが、以前とは打って変わって、評判がいい。――今度の持ち主はよほど偉い人に違いない。その証拠には、我々を放っといてくれるし、うるさいお説教もしない。確かに立派な人たちだと、大いに尊敬したという。何しろ本が手元にないので、こまかいところは忘れたが、まず大体は以上のような話である。

この小説を読んだ時、私は身につまされる思いがした。もちろん、日本の農民は、ロシアのそれよりはるかに程度が高く、無知でもない。また私どもの方も、田園の生活に、それほど大きな夢を描いていたわけでもない。だが、習慣の違いというものはおのずからあり、我々の常識では、はかり知れぬものがあったことも事実である。考えてみれば、それは何も農民にかぎるわけではあるまい。人間が二人よれば、考えかたの違いや誤解が生まれるのは当たり前のことで、チェホフはその微妙な人間関係を、都会と農村の対比において、たくみにとらえてみせたのであろう。それにしても、この小説は、私に多くのことを教えてくれた。私は次第に人間嫌いになるかたわら、一方ではいよいよ人間好きになって行った。

村の訪問客

私は子供の時から、梅若実先生と、その令息の六郎先生にお能を習っていたので、鶴川へ移った後も、稽古《けいこ》だけはつづけていた。一週間か十日に一度ずつ、浅草厩橋《うまやばし》の舞台へ通ったが、はじめのうちは、小田急もすいていたから、今よりはるかに楽だった。そのころには、お弟子も少なくなり、演能の回数もへったため、先生方もおひまである。こういう機会に、はじめからやり直そうと、ズボンとシャツ姿で、基本から教えて頂いた。そういう恰好の方があらが見えるからである。

梅若家には、先祖伝来の能面と装束が保存されている。その中には将軍秀忠から拝領した美しい縫箔《ぬいはく》や、重要美術品の面がたくさんあり、大正大震災にも落ちなかったという蔵の中に入っていた。が、もし空襲におそわれたら、いかに頑丈な蔵とはいえ、ひとたまりもあるまい。鶴川の家におあずかりしましょうと、再三再四すすめたが、実先生は頑として聞き入れられない。

「これは私が先祖からあずかったものですから、もし空襲で焼けたら、私も一緒に死にます」の一点張りである。これには一言もなかったが、いよいよ戦争が激しくなると、見あげたお覚悟では済まされなくなって来た。「先生の私物ではない、日本の国のためです」などと偉そうなことをいい、もぎとるようにして鶴川へ運んでしまった。むろん若い方たちは、はじめから賛成だったので、家の屋根裏に運び入れてほっとした。案の定、間もなく厩橋の舞台もお蔵も焼け、実先生は隅田川の水につかって、九死に一生を得られたという。

そういう次第で、梅若さんの一族は、しじゅう虫干しや手入れのために家へみえた。しぜん私も、今まで近くでながめたことのない美術品を、手にとってみることができたし、しまいには許しを得て、能面を私の居間にかけておいたりした。専門家ではないので、彫刻に対する知識はぜんぜんなかったが、そういう風にしてつき合ってみれば、相手はおのずから語りかけて来るものだ。毎夜のごとく、いろり端に座って、何度私は能面と言葉を交わしたことか。終戦後しばらくたって、『能面』の本を書くことができたのも、まったくその時の経験によると深く感謝している。

次第に私どもの家は、「お荷物預かり所」みたいになり、屋根裏も納屋も友達の荷物で一杯になった。お客様もふえた。戦争中は、食物も人手も不足して、みな辛い思いをしていたが、一方では今より時間の余裕があり、精神的には充実した日々を送っていたような気がする。

処女出版の本が出たのも、鶴川へ越してすぐのことだった。生まれてはじめて自分で得たお金を手にした時はうれしかった。それは小切手であったが、惜しくて現金には中々かえられない。ある夜の夢に、泥棒が入って、その小切手をぬすもうとしたので、「現金をあげるから、それだけはおいてって」と頼んだことを思い出す。


そのころの鶴川村は、ほとんど無医村にひとしかった。子供たちのために、それだけが心配であったが、折よくかかりつけのお医者様が、疎開したいから家を探してくれといわれた。渡りに船とばかり、私はすぐに見つけてあげ、先生は近くに移って来られた。

馬場辰二氏といえば、古い医師はみな知っていられるに違いない。東京帝大（今の東大）はじまって以来の秀才とかで、その卒業論文は、長い間医学生の模範になっていたという。が、どういうわけか帝大には残らず、一介の町医者となって、赤坂で開業されていた。私は子供の時から診て頂いており、親子三代にわたって親しくしていたが、馬場先生のほんとうの人間を知ったのは、鶴川へ来られた後のことである。

だれに聞いても診断は的確であったのに、先生にはとかくの噂がつきまとった。それはもっぱら医師の間で、幇間医者《たいこもち》だとか、欲ばりだとかいわれていたが、患者にとっては診断が第一だから、私どもにはどうでもいいことであった。前々から先生は、漢方に興味をもっておられ、鶴川へ移ってからは、毎日野山で薬草の採集に余念がない。私もときどきついて行って、教えて頂いた。その往き復りには必ず家へ立ちよって、白洲と下手な将棋をさし、一日遊んで行かれる時もあった。

「先生、名医って何ですか」

ある日私が愚問を発すると、かたわらにあるペンをとって、「風の如く行き、風の如く去る」と書いて、呵々《かか》大笑された。私が病気になった時、こんなこともいわれた。

「薬なんて利くものじゃない。せいぜいアスピリンと何と何と……五本の指で数えるしかない。医者を信用することが第一で、あとは自分の身体が直してくれる」

「そんなこと、病人におっしゃっては駄目じゃないですか」

「いや、あなたの場合は、それでいいのだ。十人十色だからね」

と、また呵々大笑される。村に病人が出るたびに、私は馬場先生を紹介した。時にはただで診察して下さることもあり、お米や麦をお礼に持って来る人もいた。夜中の三時に雪の中を、リヤカーで迎えに行ってもすぐ来て下さった、と感謝された時には、「風の如く行く」を実行される先生だと思い、世間の噂とは大分違うことを知った。

反対に、失敗したこともある。ある家に胃潰瘍の病人がいるので、例によって、早速先生に診て頂いた。病気はかなり進んでいたので、直ちに入院する必要があるという。すると、その家の人々は、「馬場先生の診断は重すぎる。もう診てもらうのはいやだ」と、先生ばかりか、私どもまで恨まれた。似たような失敗は何べんもあり、私が謝まると、先生は笑いながらいわれた。

「無医村には、無医村だけのことがあるのですよ。あの人たちには、医者よりおまじないの方が利く。世の中、それでいいんです」

ほんとうの名医とはそうしたものだろう。馬場先生は、終戦後まもなく亡くなられたが、あの先生のような人生の名医は、だんだん少なくなって行くに違いない。

先にもいったように、戦争中はお客様が多かった。ふだん会わないような人たちも、なつかしがって訪ねてくれた。いつ死ぬかわからない、これが最後かも知れない、という気持ちをだれでも持っていた。食料は充分とまで行かないが、農村には自然の恵みがある。春になれば蕗の薹《とう》や筍を、秋は栗と柿をお土産にあげることができた。

秩父宮様までおいでになった。妃殿下と私は同級で、アメリカでもご一緒だったので、親しくして頂いている。宮様はもうお体が大分悪かったが、御殿場で畑をやっておられ、子供だましのような私どもの田畑を、熱心に見て回られた。

それはたしか初夏のころで、「雑草が生えて困ります」というと、殿下は「雑草が出るのはうらやましい。御殿場では草も生えない」と、寂しそうにいわれた。気候が寒い上、火山灰で、地味が瘦《や》せているためだが、心なしかそれだけのことではないようにお見うけした。

私どもの次男は、昆虫が好きだったので、「もうわたしはいらないから」と、立派な昆虫図鑑をおみやげに下さった。次男は六つか七つだったが、とたんに殿下のお膝にかじりついて、「宮さま、死んじゃいや」と大声で叫んだ。御病気が思わしくないことを、小耳にはさんでいたのであろう。私は周章狼狽した。殿下は黙って微笑していられたが、あとで妃殿下にうかがった話によると、「あんなことをいわれたのは、生まれてはじめてだ」と、喜んで下さったという。

梅原龍三郎氏と、安井曾太郎氏も、写生をしがてら遊びにみえた。安井さんは、その温厚な人柄に似て、武蔵野の風景が気に入り、色鉛筆で何枚も写生をなさった。が、梅原さんの方は、風景でも人物でも、一級の美しいものしか興味を持たれないので、雑木林などには目もくれず、一日将棋をさしてすごされた。その対照が、私には面白かった。当時は梅原・安井と並び称されて、画壇に君臨していたお二人だが、梅原さんはますます健在で、安井さんはその後ほど経ずして他界の人となられた。「長生きも芸のうち」という名言を吐いたのは、たしか吉井勇であったが、年をとるとそういうことが身にしみてわかるような気がする。

近衛文麿さんも、御夫婦で訪ねて下さった。顔を洗っても、だれかがタオルでふいてあげるまで、じっとそのまま待っているような方で、そういうところが我々とはちがっていた。

書が上手な方なので、後水尾天皇にしようか、三藐院《さんみやくいん》にしようかなどと、しばらく考えた末、後水尾流で「渡水復渡、水谷花還……」という詩を書いて下さった。あまり上手なため、だれの字でも自分のものにされたが、近衛文麿の書体というものを、私はついに知らずに終わった。近い将来に自殺されるとは、夢にも思わなかった時代で、春が来るたびに、その書を床の間にかけ、冥福を祈ることにしている。

ゲーテがどこかでこんな意味のことをいっていた。――我々の手本になる人間は、別に教育をうけた人たちとは限らない。農民の中にも、手本とすべき人物は同じくらいいるものだと。

鶴川のお百姓さんにも、そういう人が何人かいた。ただ彼らは寡黙なので、日常の暮らしとか、態度によって知るほかはなく、書くのは中々むつかしい。

家の隣のホノ吉じいさんは、ひまさえあれば道普請をしていた。「わしはもう年よりだから、力仕事はできない。こうして道を直しておけば、皆が喜んでくれるだろう」と、ていねいに土をかきよせたり、石でかためたりしていた。ある時、菜の花がいっぱい咲いた畑の中に、ぼんやり座っているので、「おじいさん、何してるの」と話しかけると、「自分で丹精した畑に、こんなきれいな花が咲いた。極楽に行った気分ですよ」そういいながら、煙管《キセル》をぽんとはたいた。それから数年後にホノさんは、その言葉どおり眠るがごとく大往生をとげた。

「ゲンキ屋」のお婆さんは、百何歳まで生きた。目も足も弱くなっていたが、「おてんと様に済まないから」といって、唯一のできる仕事であった藁《わら》草履を、朝から晩まで、土間で作っていた。藁草履など、だれもはかなくなった後までも、彼女は仕事をやめなかった。おてんと様に手向ける、という気持ちだったに相違ない。彼女はの最後の「作品」を、わざわざ私にとどけて下さったが、もったいなくてはくことができず、今でも大切にしまってある。

長さんのおばさんは、やくざの娘であった。長さんは屋根屋で、家の屋根替えも彼にしてもらったが、おとなしい養子なので、おかみさんの前では頭が上がらない。その屋根替えの時、おばさんは不思議なことをささやいた。

「つき合いというものは、はじめはだれでもうまく行くが、長くなると、きっとむつかしくなって来るものです。どうぞ末長くかわいがってやっておくんなさい」

まだ若かった私は、ただの挨拶だと思っていたが、その言葉が真実であることを、やがて知る時が来た。別に農村にかぎるわけではない。人間同士のつき合いというものは、お互いにむつかしくなった時、はじめてほんとうのつき合いがはじまるのではあるまいか。おばさんはふつうの農家の人たちより、そういうことを身にしみて知っていた。多くは語らなかったが、「やくざ」の娘が一生つきまとって、人にはいえぬ苦労をしたに違いない。出が出だけに、江戸っ子みたいに歯切れがよく、俠気があって、人の面倒をよくみた。年はちがっても、私とは無二の親友で、蚕を飼うことから、糸をとること、反物に織りあげるところまで、手をとって教えてくれた。

ある年のお盆に、家族が門前に集まって、迎え火を焚いていた。「婆さんもこっちへ来なよ」「あいよ、今すぐ行く」といったきり、いつまでたっても現われない。長さんが見に行くと、立て膝をしたままの姿で死んでいた。おばさんは好い人で、信心深かったから、先祖の人々が「お迎え」に来たに相違ないと、後々までも村の語り草になっている。

たしか昭和二十年の春の夜のことだ。家の山からは、東京の空襲がよく見えたので、どの辺が燃えているか、大体見当がつく、「五反田じゃないかしら」「どうもそうらしい」といっているうちに、はたしてラジオが「目黒・五反田空襲中」と放送した。

五反田方面を気にしたのは、そこに河上徹太郎さんが住んでいたからで、焼けたら家へおいでなさいと、あらかじめ約束ができていた。白洲はおにぎりを作って、その夜のうちに迎えに行った。空襲の時は電車も止まるので、五反田へ着いたのは、明け方近くになっていたという。

河上さん夫妻が、よれよれになって鶴川へたどりついたのは、暗くなってからだと記憶している。しばらく焼夷弾のすさまじさや、空襲の恐ろしさを聞いた後、とっときのお酒を飲んで、命の無事だったことを祝福し合ったが、それから二年ばかりの間、お二人は家に同居することになる。

私はアメリカの女学校に行ったので、幸か不幸か、文学少女になる時期を逸した。が、既にものも書いており、文学にはひと方ならぬ興味をおぼえていた。河上さんから聞く文士の話、文壇の動静には、熱心に聞き耳をたてたものである。中でも、小林秀雄さんや青山二郎さんの話は面白く、河上さんが一緒に飲みに行くのがうらやましくてならなかった。何がうらやましいかといえば、男同士の赤裸々なつき合いぶりが、そういうことと縁のない環境に育った私には、うらやましいというより焼餅がやけた。大使館や社交界のつき合いにあきあきしていた私は、そこに新しい世界が開けることを夢に見た。思い出してみれば、私は途方もない理想家であり、世間見ずの子供にすぎなかった。が、文壇人と会う機会はなかなか来ず、つづり方の勉強でもするように、ものを書いては河上さんに見て頂き、憂さを晴らしていた。

河上さんは、名だたる酒豪である。その飲みっぷりのよさ、酔いっぷりのすさまじさには、舌を巻くばかりであった。まだ銀座の裏通りや新宿に闇酒を飲ませてくれる家があり、お供をするのはよかったが、帰りが事だった。そのころの小田急は、自分で扉《ドア》をあけるようになっており、こわれてあけっ放しになっている場合もある。酔っぱらった河上さんは、そこから身を乗り出し、夜空に向かって何事か大声でわめく。私は必死になって、後ろからしがみつき、新宿から鶴川までがんばり通したこともある。これも修業の一つと、歯を食いしばっていたのだから、滑稽というほかはない。もとより、泥酔しなくては堪えられない文士の辛さなど、当時の私にはわかるはずもなかった。

河上さんは、農村の生活が気に入ったのか、その後隣村の柿生に家を建て、今もそこに住んでいられる。家に同居している間は、駅まで歩く以外に、散歩もしない人だったが、柿生では猟犬を飼い、毎日鉄砲を撃ってたのしんでいる。犬をかわいがることでは、御夫婦とも、どちらが主人かわからないほどで、いつもソファーに長々と寝そべっているのは犬の方である。河上さんが酔っぱらってからんでも、またかという顔であしらっているのは、犬の方が私より、はるかに「人間」ができているような気がしてならない。

戦争が済んで、進駐軍が入って来た。吉田茂氏のもとで、白洲は終戦連絡の事務を扱っており、急に仕事が忙しくなった。そうしたある日のこと、河上さんから「小林秀雄がぜひ会いたいといっている。用件は当人に直接聞いてほしい」といわれた。私にはかかわりのないことだったが、名高い評論家に会う、というよりも、見ることが楽しみで、お酒を用意して待っていた。

そのころは、家から駅へつづく田圃道がよく見えた。そこをせかせかと下を向いて歩いて来る人がいる。すぐ小林さんとわかった。迎えに出ると、「こんちは」といったきり、まるで毎日来ている人のように、さっさと上がりこんで座ってしまった。会うも見るもない、生まれる以前から知っているような感じがした。

用件は次のようなことであった。

——吉田満という人が、『戦艦大和』という本を書いた。これはぜひ出版しなければならない名著である。が、戦争文学だから、進駐軍が許してはくれない。「君、何とか先方に話してくれ」それだけのことだった。それだけのことではあるが、小林さんの迫力と、私心のない話しぶりには心を打たれた。白洲は直ちに進駐軍のお偉方に交渉し、『戦艦大和』は創元社から発行されるはこびとなった。

小林さんは、飲むほどに酔うほどに、元気がよくなって、その作品の文体の美しさと、吉田満さんの人間的な魅力について語った。

「まるでダイヤモンドのような眼をしている」といわれたことを思い出す。それから後は泊まりにも来られるようになった。今日出海さんと一緒の時もあった。今さんは、白洲と神戸一中で同級生だったので、前から親しくしていたのである。

小林、今、河上などという人たちが集まって、楽しそうに歓談する様を、私はただ口をあけて見ているだけだったが、白洲とはみな同年輩で、まだ五十歳にも達していなかった。

私は小林さんの本をいくつか読んでいたが、むつかしくてよくわからず、わからないなりに強く魅《ひ》かれるものがあった。たぶんそれは文章のリズムと呼んでいいものかも知れない。あるいは、息づかいといってもさしつかえないだろう。「美しい花がある、花の美しさといふ様なものはない」（『当麻』）、「記憶するだけではいけないのだらう。思ひ出さなくてはいけないのだらう」「過去から未来に向かつて飴の様に延びた時間……」（『無常といふ事』）といった名文句が、音楽のように耳につき、覚えようとしないでも覚えてしまった。実はぜんぜん逆のことをいっていることに気がついたのは、よほど後のことである。逆説という意味ではない。文章は言葉で成り立っているには違いないが、言葉の上だけで記憶してはならない、自分のリズムを、自分の生き方を発見しろ、小林さんは口を酸っぱくして、そういっているのだ。

最近出版された『本居宣長』では、きらきらした名文句は影をひそめ、宣長の足跡を尺取り虫のようにたどっている。そこには私たちが記憶できる言葉は一つもない。作者とともに、読者も宣長の生涯を、丹念に、忠実に、「思ひ出さなくてはいけないのだらう」。

私の父は樺山愛輔といい、晩年は大磯に住み、昭和二十八年の秋に亡くなった。酒も煙草も飲まない謹厳実直な人間で、十四歳の時から外国に留学していたため、英語は（もしかすると日本語より）達者であった。日本製鋼所につとめるかたわら、国際的な事業に熱心であったので、戦争中は親米派として憲兵隊ににらまれ、戦後はパージになって追放された。が、そういう矛盾に対しては、ひと言も不平や愚痴をもらすことはなかった。若い時は気むつかしい人間であったというが、子供にとっては好い親父で、特に末っ子の私はかわいがってくれた。

母が病身のせいもあって、教育から衣類の末に至るまで面倒をみてくれたので、時には私の方が重荷に感じたこともあるらしい。十三、四歳の生意気ざかりのころ、「温室育ち」という作文を書き、父が読んで深刻な顔をしたのを覚えている。

「かわいい子には旅をさせろ」というわけか、私を一人でアメリカへ留学させたのは、それから間もなくのことであった。

その年の春、父は伊勢神宮と大和方面へ連れて行ってくれた。それ以前にもよく旅行には同行したが、この時は日本の歴史の原点を見せておく気持ちもあったように思う。アメリカへは四年間行く予定で、「四年といえば、千五百日足らずしかない。一日でも日本人に会って、日本語を話したら損だと思え」と、その旅行中に申し渡された。そのくせ日本にいる間は、英語を一つも教えてはくれなかった。日本で習っても、肌で覚えなければ駄目だというのである。おかげで私は四年後に、日本語を完全に忘れはてたアメリカ娘になって帰って来た。

すると今度は、国文学と漢文を毎日つめこまれるといった工合で、うんざりしてしまった。万事につけてその調子で、過保護というもいいところだが、子供というのは勝手なもので、そういう父親に、ほんとうに感謝するようになったのは、亡くなった後のことである。

昔かたぎの人間だったから、私が結婚した後は遠慮して、あまり訪ねても来なかった。愛してくれたのは確かだが、べたべたしたかわいがり方はしなかった。きびしかったのも事実だが、怒られたことは一度もない。いつも遠くの方から注意して、見守っているという風であった。私に対するだけでなく、何事につけそういった態度で、父は「我慢の人」であったと私は思っている。生活や仕事に対してもひかえ目で、要するに彼は絵に描いたようなジェントルマンであった。私ががらっぱちのおてんば娘に育ったのも、親がきちんとしすぎていたせいかも知れない。

ずい分わがままをいったし、心配もかけたと思うが、父の最期だけは心行くまで看病をした。別に病気というわけではなく、ただ「疲れた」といって寝たきり、二週間後に眠るがごとく世を去った。それは老衰というより、自然の樹木が朽ちはてるような終末であった。死ぬ二、三日前から、話す言葉は全部英語になったので、私がそばにいないとだれにも通じない。明治の人間が、お国のためと思って、どんなに努力をして外国語を身につけたか、そのうわ言は語るようであった。

昭和三十年の春、私は『芸術家訪問記』という本を出版した。その「あとがき」に、青山二郎さんが次のような文章を書いている。

「私は誰でせう。家の中にばかりゐるので、テリヤの様に世間知らずだと思はれている。後足をふん張り、畳の目をふん張つた足が左右に滑べる。そんなポーズに、人も自分も巻きぞへを食つてゐる。有閑マダムと人が呼べば有閑マダムになつて見せ、仕舞の名手と公認されれば梅若六郎後援会の会長に納まる」。

「私」というのは、むろん私のことであるが、あんまりほんとうのことをいわれると、癪《しゃく》にさわるものだ。四十をすぎて、まだ腰がきまらぬとは、癪にさわるのを通りこして、悲しくなった。

だが、本人には、いつも本人の言い分というものがある。いくら世間見ずのテリヤでも、戦争という変革期を経験すれば、畳の上でふんばってみたくもなるだろう。生きて知らねばならぬこと、といっては大げさにすぎようが、自分の道を発見したいと思うのは、人間として当然の願いである。世の中には、苦労を知らぬ苦労というものも確かにある。

そこで、「私は誰でせう」ということになるのだが、青山さんはそういうところまで見通してつき合って下さった。時にはおかしく、時にははらはらしながら……。それがこの「あとがき」のように生易しいものでなかったことは、私が胃潰瘍になり、三度も血を吐いたことで想像がつくと思う。胃潰瘍になったことでさえ、青山さんは精神病だといってあざ笑った。

青山二郎、といっても、一般の方たちはご存じないに違いない。だれかがヴァレリイの書いた「X氏」にたとえていたが、物を書かぬ評論家、美術の眼利き、人生の達人などと、並べたてたところで、そのどれからもはみ出してしまう。いっそのこと、何もしない「有閑男」と呼んでおこう。何もしないから、眼だけが発達した八つ目鰻《うなぎ》のような人物で、多くの文士が、青山さんの門下になり、一時は「青山学校」などといわれていた。

「弟子にしてやろう」といわれた時、それが何を意味するのか、世間見ずのテリヤには、まったく見当もつかなかった。さぞかし色々のことを教えてくれるのだろうと期待していたが、もっぱら遊ぶことと、お酒を飲むことで、……お酒を飲まなければ、青山さんだけではなく、だれもつき合ってはくれなかった。私はいっぱしの酒豪になり、酔っぱらうことを覚えた。酔っぱらうことだって、中々うまくは行かないものである。思い出すと、冷や汗をかくことばかりで、いきなり世間へ飛び出したテリヤは、あまりのまぶしさに狂犬となった。だれにでもかみつき、そこら中を走りまわった。そういう私に、青山さんは、「韋駄天お正」という綽名《あだな》をつけた。

青山さんには、もうかれこれ十五年も会ってはいない。聞くところによれば、彼は病気で寝ついたままであるという。お見舞いに行きたいのは山々だが、私は我慢している。そういうつき合い方もあるということを、彼が教えてくれたからである。

年をとるというのは有りがたいことだ。いつしか私の「狂犬病」もおさまり、お酒もあんまり飲めなくなった。飲めなくなるとともに、楽しむことを覚えた。生まれつきの「韋駄天」は、依然として直らないが、夢を追うことから、仕事の方に向きを変え、歴史の迷路の中を右往左往している。やがてその健脚もおとろえる日が来るに違いない。その時、私の心にも、真の安息がおとずれるであろう。

このごろは至って平凡な毎日で、ひたすら原稿用紙の上で「韋駄天」をつづけている。さいわい足はまだ丈夫なので、山奥の神社、仏閣を訪ねるのは楽しみだし、取材に行った先で、土地の人々に会うことも興味がある。子供というのは、大人の動向をよく観察しているもので、先日、孫が小学校で、こんなことをいったと娘が話してくれた。

先生が、「お父さまは階段を登る時、ドンドンと大きな足音を立てるでしょう。お母さまはトントン、ではお婆さまはどうですか」と聞かれたところ、孫は勢いよく手をあげて答えた。

「家のお婆さまはいつも走ってます」

娘はおかしくてたまらなかったと話したが、それにつけても、うまく年をとるというのはむつかしいことである。最近は、愛犬の「トト」を連れて、毎日散歩をしており、今も原稿を書いている傍で彼は居眠りをしている。トトと名づけたのもその孫で、一人っ子なので弟がほしい。回らぬ舌で、オトトと呼んでいたのが、トトちゃんになった。今年三歳の柴犬である。

犬の中にも気が合う種類と、そうでないのがいて、あまり小さなペットを私は好まない。大きければ大きいほどいいといっても、セント・バーナードやグレート・デーンでは手にあまる。別に純粋種にかぎるわけではなく、雑種でも一向さしつかえはないのだが、今までは代々シェパードを飼っていた。それも手に負えなくなって、柴犬にかえたというわけである。日本犬ははじめてだが、つき合ってみると中々面白い。

熊谷守一氏は動物がお好きだったのに、犬だけはお飼いにならなかった。理由を聞くと、「人間に忠実すぎて、見ていて辛いからだ」といわれた。日本犬の中でも柴犬は、主人一辺倒と聞いていたが、トトはお客好きで、だれにでも愛想がいい。泥棒が入っても、じゃれつくのではないかと心配になる。そうかといって忠実すぎるということはない。散歩に行く時、いくら手綱をひっぱっても、自分の気が向かない方へは、両足をふんばって、動こうともしない。ものを教えると、すぐ覚えるかわり、近ごろは自分で戸をあけて逃げ出す。逃げ出してもすぐ帰って来るが、そのはしっこさと、ずる賢いことは、小にくらしくなるほどだ。気が強いくせに、弱虫なこと、利巧なようで、間がぬけているところも、何やら主人にそっくりで、いやになるより悲しくなる。ある人に、そのことを話したら、「いや、主人の方が犬に似るのでしょう」と笑われた。日本に生まれて年を経たテリヤが、柴犬に似るのは当たり前のことかも知れない。

鶴川の周辺

『能面』の本を書いていたころ、私はしばしば柳田国男氏の成城のお宅を訪問した。日本の祭りのことを教えて頂くためである。そのたびに、先生は私に、民俗学を研究するように勧められた。特に「鶴川の周辺はだれもまだ手をつけてはいない、あなたは住んでいるのだから、ぜひやってもらいたい」といわれた。が、私は研究や考証には向かないたちなので、申しわけないことだが言を左右にしていた。柳田先生の周囲にただよう濃厚な雰囲気が、何となく怖ろしいように感じたこともある。先生はその後しばらくたって、亡くなられたので、御恩に報いる機会もなくて終わった。

そう言えば、私どもの畑からも、耕すたびに縄文土器の破片が出た。いずれも小さなかけらなので、畑のすみに積みあげておくうち、土にかえってしまったが、紀元前から開けた古い土地であることは想像がついた。縄文土器は、民俗学のうちには入らないけれども、そういう所には、必ず面白い風習や、遺品が残っているはずである。と思いながら仕事の都合もあって、つい私の足は大和や京都方面に向かい、「灯台もと暗し」のままで歳月がすぎてしまった。

いつも犬を連れて散歩している丘の上では、昭和三十九年から四十年へかけて、宅地造成のために発掘が行なわれ、縄文中期の住居跡がいくつも発見された。広場を中心にした馬蹄形の集落で、ここからは蛇の文様のついた土器（深鉢）のほか、土偶や装飾品が、三千点近く出土している。今は住宅地になってしまったが、鶴見川を見おろす高台は、いかにも縄文人が好みそうな高燥の地で、昔は清水が滾々《こんこん》とわき出ていた。その丘つづきの私の家の裏山でも、掘ってみたら何が出るか知れたものではない。

縄文人にとっては、理想的な住所であった鶴川地方も、弥生時代に入ると、めっきり遺品が減ってしまう。それは農耕が発達したために、川の流れにそって、横浜の平野部の方へ移住したからだといわれている。鶴川村にとって、弥生期はいわば空白の時代であり、再び息を吹きかえすのは、奈良時代（八世紀）後期のことである。

町田市の周辺には、大和、奈良、岡上、三輪、小野路《おのじ》、香具山、竹内、原当麻など、大和と関係のある地名が多い。私はいつも不思議に思っていたが、武蔵に国分寺が造られた時、大和から移って来た人々が、故郷をなつかしんで名づけたものに違いない。そのうちの香具山は、土地ではカゴ山と発音しており、私の家から見えるところにそびえている。あわよくば、畝傍《うねび》も耳成《みみなし》もないかと思って探してみたが、そう都合よくは行かなかった。

香具山古墳からは、十九基の横穴が発見され、多くの副葬品も出ているが、その中の一つに、人物と馬を彫った線描画がある。その馬の絵は、かつてはこの辺一帯に、牧《まき》（古代の牧場）が存在したことを語っており、ほかの所でも、馬具や馬鈴が出土している。今は藪の中になって、横穴の跡もさだかではないが、そのあたりを通るたびごとに、遠くかすかに防人《さきもり》の妻の、悲しい歌声がひびいて来る。

赤駒を山野に放し捕りかにて多摩の横山徒歩《かし》ゆかやらむ（万葉集巻二十）

町田市と合併する以前は、三輪も鶴川村の集落の一つであった。東京へ車で往復する時は、必ず通るところだのに、例によって私は、断片的にしか知ってはいない。そこの地区の荻野久雄さんという方に、一度お目にかかったことがあるので、こういう機会に訪ねてみようと思い立ったのは、つい昨日のことである。

前述した岡上と三輪は、道をへだてて隣りあっており、そういう地形にも、飛鳥の岡と三輪山の関係を思わせる。荻野さんは、このあたりの歴史にくわしい一族の方と、「上三輪クラブ」のバス停で待っていて下さった。街道から細い道を東へ入ると、もうそこは荻野さんの邸内で、右に熊野神社、左に高蔵寺が建っている。ここは昔、北条氏五代にわたる出城のあった場所で、一般には「沢山城趾」として知られている。三の丸から二の丸へかけては、美しく耕された畑がつづき、その先の方に梅林が見える。三輪には大地主がいると聞いていたが、まずその広々とした風景に、私は心を奪われた。

庭でお茶を頂いた後、皆さんで城跡を案内して下さる。畑の中には、当時の古井戸があったり、空堀が残っていたりして、「兵《つわもの》どもが夢の跡」の感慨を深くした。「一体、何町歩くらいお持ちなのでしょう」そう聞いても、「さあ……」といったきり、どなたも答えられない。野良着姿の御主人は、今年八十一歳になられるとかで、この膨大な田畑を、家族で耕していられるという。自作農だから、農地改革の際にも、土地を提供せずに済んだのであろう。みごとに耕された畑は、私の眼には芸術作品のように見え、前に「カルチュアの語源は、カルティヴェートから出ている」などと、生意気な聞きかじりを書いたことが、恥ずかしく思われて来る。

天守閣の跡には、「七面堂」が、甲州の七面山の方を向いて建っていた。七面大権現の神像をまつっており、標高百メートルの高台からは、たたなわる丘陵のかなたに、私の家の山も望めた。背後は深い谷になっていて、「沢山城」の名にそむかぬ要害堅固な地形である。そこから山の裏側へ下ると、話を聞いていた「白坂古墳群」に至る。ここでは須恵器《すえき》や刀剣のたぐいが出土したというが、白っぽい凝灰岩でかためたドーム型の石窟《せっくつ》は珍しい。白坂は、「城」の坂であるとともに、また「白」い坂の意味もかねていたのであろう。

白坂から低い峠を越えると、下三輪の集落である。右手の方、大木の老杉にかこまれた社を、「椙山《すぎやま》神社」といい、大和の三輪と同じく、大物主《おおものぬし》の神をまつっている。三輪の集落の元の地主神は、おそらくこの神社で、白坂古墳群の主たちは、千数百年の昔に、大物主を奉じて、はるばる大和から海山を越え、この肥沃《ひよく》な平地に住みついたに違いない。神さびた杉木立と、秀麗な山のたたずまいは、無言のうちにそういう歴史を語るようであった。

神社の前のタタラ川を渡ったところに、妙福寺という日蓮宗の寺院がある。欅《けやき》並木の美しい参道で、寛文年間の祖師堂は、都の重要文化財になっているとか。……もうそのころには、日は三輪山のかなたに没し、森閑とした寺の境内には、みみずくが含み声で啼《な》きはじめていた。

町田市と合併する以前、鶴川村は八つの集落にわかれていた。その一番北のはずれにあるのを小野路といい、鎌倉街道と大山街道が交錯する地点にあり、古《いにしえ》の宿場の面影をとどめている。ここまで来ると、まだ開発も進んではいず、入りくんだ岡の間に、田畑がひらけ、のどかな田園風景を満喫することができる。

ある一日、私は小野路の旧家の小島さんをおとずれた。当主は二十三代目に当たるとかで、宿《しゅく》の入り口に、大きな屋敷が、山を背景にして居据わっている。鎌倉・室町時代に、この辺一帯は、小山田氏の領地で、もう少し北へ上ると、小山田という地名もある。両側を深い山でせばめられているため、開発を免かれたのであろうが、小島さんの庭からは、大木の生い茂る万松寺《ばんしょうじ》山が望まれ、おのずからなる借景を形づくっていた。

小野路は古く「小野郷」とも、「小野の牧」とも呼ばれ、平安時代には、豪族小野氏の荘園であった。万松寺山の麓には、小野神社が建っており、万松寺という古《こ》刹《さつ》もある。神社には小野篁《たかむら》を祀《まつ》っているが、小野の地名に必ずつきまとうのは、小野小町の伝説で、「小町の井戸」と称する泉も湧いている。小野氏は「物語」を伝承する家柄であったから、神社に仕えた巫女《みこ》か、語り部のたぐいが伝えたものに相違ない。遠い東《あずま》のはてまでも、小町の伝説が生きつづけているのを知って、私は驚くとともになつかしくも感じた。

小島家は、徳川時代に、苗字帯刀を許された大庄屋で、どっしりした屋敷の構えは、かつての堅実な暮らしぶりを物語っている。が、茅葺きは近代的な瓦に替えられ、太い大黒柱もきれいに磨かれ、外も内も洋風に直してあるのは、勿体ないことである。現在は、その家が史料館になっていて、古文書の類が多量に保存されているが、建築や史料より、一般の興味の対象となっているのは、ここに近藤勇、土方歳三、沖田総司など、新撰組の錚々《そうそう》たる連中が滞在し、彼等の遺品が陳列してあるからだ。

もともとこの地方の住民は「三多摩壮士」などといって、気性の烈《はげ》しいところであるのも、防人《さきもり》以来の農兵の伝統によるのかも知れない。中でも土方歳三は、小島家とは姻戚関係にあり、小野路に近い日野の庄家の出であった。近藤勇もやはり近在の調布の百姓で、京都へ移るまで十二年間にわたって、小島家をおとずれ、今から四代目前の鹿之助と、義兄弟の契りを結んでいたともいう。

鹿之助は漢文の学者だったので、近藤は彼の門下となり、昼は剣術を教え、夜は漢学を学んでいた。小説では、無学文盲と伝えられているが、小島家に蔵されている彼の手紙を見ると、書も達者だし、文章もととのっている。ことに「馬乗ながら啓上いたし候」（原文は漢文）にはじまる書状には、幕末のあわただしい空気が感じられ、彼の稽古着に髑髏《どくろ》の刺繍がしてあるのも、常に死を覚悟していた人の凄惨な気迫がただよい、深い感銘をうけずにはいられなかった。

――一九七八年

東京の坂道

富士見坂から三宅坂へ

　東京は山の手と下町にわかれている。今から五百年ほど前、太田道灌が武蔵野台地の突端に、江戸城を築いた時、日比谷のあたりまでは入江で、下町と呼ばれる区域は、おおむね沼地か湿地帯であった。それを埋めたてたのは、徳川幕府が江戸に移った後のことで、武家屋敷は山の手の台地に建てられ、下町は商家として発展して行った。現在もその伝統は踏襲され、屋敷町は高台に、店屋は主に下町にある。第二次大戦後は、かつての特徴をやや失ったが、東京生まれの人々には、依然として山の手・下町の区別はあり、言葉も気風もはっきり違っている。

　俗に「山の手の坂、下町の橋」と呼ばれるのも、そういう自然の地形を残しているからである。下町の橋にも情緒があるけれども、山の手育ちの私には、坂の方が親しみが深い。といっても、私が知っているのはそのうちの僅かで、先日、東京の坂に関する本を読んでいて、五百以上も坂があることを知って驚いた。その全部に及ぶことは不可能だし、意味のないことだから、ここでは私の憶い出に残る坂について記したい。自分の過去を思い出すことは不得手なたちだが、こういう機会にふりかえってみるのも、悪いことではないと思う。

私は麴町区永田町一丁目十七番地で生まれた。今は千代田区に変わっているが、赤坂見附から三宅坂へ行く途中の東側で、自民党本部の隣に当たる。現在は高速道路が通り、車の往来もはげしくて、とても人間が住めるような場所ではないが、戦前までは美しい桜並木の屋敷町であった。このごろしきりに桜の花に心をひかれるのも、幼いころの印象によるのかも知れない。満開の時もみごとだったが、散りがたになって、一面の花吹雪につつまれた景色は、この世のものとも思われなかった。夜桜も美しかった。朧《おぼろ》月夜にほのぼの匂う花の雲をわけて行く心地は、深山幽谷をさまよっているようで、家に帰ることを忘れた。そして、そのような夜は、岡ひとつへだてた麻布三聯隊（今の防衛庁）の消灯ラッパが聞えて、寂しい気持がしたものである。

そこからはどこへ行くにも坂を下らねばならなかった。したがって、帰りは登ることになる。学校への往復だけでも、何千回も上り下りしたはずだのに、うかつなことに私は、坂の名前を今日まで知らなかった。漠然と、赤坂見附へおりるのは「赤坂」、皇居のお濠《ほり》の方へ行くのは「三宅坂」と心得ていたが、ぜんぜん間違っていることにこのたび気がついた。灯台もと暗し、とは正にこのことであろう。

この機会に訂正しておくと、「赤坂」は、赤坂見附から四谷見附へ登って行く「紀の国坂」の別名で、「三宅坂」は、半蔵門からお濠にそって、桜田門へ至る間のだらだら坂をいう。そして、永田町から赤坂見附へ下る坂道は、「富士見坂」と呼ぶのだそうである。昔はあの辺からも富士山が望めたにちがいないが、「富士見坂」は旧市内のほとんどの区にあり、江戸の人々がどれほど富士山を愛したか、それを望み見ることに大きな喜びと誇りを感じたことがわかるような気がする。

さて、「富士見坂」は判明したものの、では「三宅坂」へおりる坂道はというと、これには名前がないのである。徳川時代には、このあたり一帯が武家屋敷になっており、直通の道ができたのは、明治以後のことかも知れない。都大路に名前がないのは気の毒だから、かつての桜並木を記念して、「桜坂」と名づけたら如何なものだろう。富士と桜と対になれば、これ以上の名前はないと思われる。

名なしの坂から、国会図書館の方へぬける道を、「梨の木坂」という。昔は登った右側にドイツ大使館があり、それより以前は、彦根藩主井伊家の上屋敷が建っていた。その裏門に、大きな梨の木がそびえていたと聞くが、名木にちなんだ坂の名前も少なくはない。

万延元年三月三日、井伊《いい》掃部頭《かもんのかみ》直弼《なおすけ》は、ここから登城する途中、水戸の浪士に殺された。いわゆる「桜田門外の変」である。ついでのことに記しておくと、「三宅坂」の名は、田原《たはら》藩主三宅家の屋敷から起ったもので、渡辺崋山はその藩士の家に生まれた。崋山は後に「蛮社の獄」に連座して、自殺をとげたが、この周辺は富士山や桜だけでなく、幕末から明治へかけての血なまぐさい歴史に彩られている。私が子供のころは、三宅坂に陸軍省と参謀本部があって、いかめしい雰囲気の場所だったが、今はかわりに平和の女人像が建っているのも、今昔の感に堪えない。

永田町のあたり

富士見坂のてっぺんには、「平河町」という電車の停留場があったが、銀座などへ行く時は、歩くことが多かった。お濠のふちを日比谷へ下るのも、気持ちのいい散歩道だったし、霞ヶ関をぬける坂道も、人通りが少なかった。国会議事堂が建つ以前は、両側に大名の屋敷が並んでおり、「霞ヶ関坂」を下った正面には、赤レンガの海軍省が建っていた。私の祖父は、(母方の祖父も)海軍の軍人であったから、その古風だががっしりした建物を見るたびに、何となくなつかしい気がしたものである。

「霞ヶ関坂」の南側の、外務省と大蔵省の間にある坂道を、「潮見坂」という。前章で述べたように、徳川時代には、日比谷のあたりまで入江であったというから、東京湾がま近に望めたのであろう。霞ヶ関も、潮見坂も、そのころの風景を偲ばせる優雅な名前であるが、『大日本地名辞典』によると、ここに関がもうけられていたわけではなく、かつてはこの辺一帯を「桜田郷」といい、その「桜」にちなんで、「霞」と名づけられたと聞く。

いたづらに名をのみとめてあづま路のかすみの関も春ぞくれぬる

という『新拾遺和歌集』の歌は、この霞ヶ関を詠んだのではないらしいが、「いたづらに名をのみとめて」いることに変わりはない。霞ヶ関坂も、潮見坂も、昔は徒歩《かち》で歩いたから、坂道であることがわかり、美しい名前も与えられたのだが、車で走っていては、殆んど坂ということは気がつかない。山の手の生活と、密接に結びついていた東京の坂道は、今や人々の心から消え去ろうとしており、そのうち「坂」という言葉もなくなってしまうかも知れない。

ここで思い出すのは、英語には「坂」という言葉がないことである。上り坂はアップ・ヒル、下り坂はダウン・ヒルで済ましている。まして、名前がついた坂道など聞いたこともない。言葉がないのは、それを必要としなかったからで、逆に日本の場合は、坂が人間の暮らしと切り離せなかったことを物語っている。山が多い国土では、それも当然のことであったろう。早くも『古事記』には、「黄泉比良坂《よもつひら》」という名称が出て来るが、サカはおそらくサカイから出た言葉で、単に国や県の境界を示すだけでなく、あの世とこの世をへだてる怖ろしい場所であったにちがいない。妖怪変化や盗賊に出会うのも坂道である。だから昔の人々は、坂の神を祀って、道中の無事を祈ったので、東京都内でも、「幽霊坂」「おいはぎ坂」「化坂」「狐坂」「狸坂」などにその名残をとどめている。

話をもとに戻して、潮見坂と平行して、虎の門へ下る坂道を、「三年坂」という。一名「淡路坂」とも「鶯坂」とも呼ぶそうで、ここで転ぶと三年のうちに死ぬといわれている。京都清水の「三年坂」にも同じような言い伝えがあるが、これは京都の方が本家であろう。いずれにしても、坂道は怖ろしい、気をつけなければいけない、という観念がつきまとっていたことは確かである。

再び議事堂の方へ帰って、議員会館の横手から、日枝《ひえ》神社へ下る急坂を「山王坂」と呼ぶ。私は山王様の氏子だったから、お正月やお祭りの時には、この坂を下ってお参りに行った。当時は気にもとめなかったが、日枝神社の起源は古く、慈覚大師の建立による星野山無量寿寺を、太田道灌が川越から勧請《かんじよう》し、江戸城の護りとした時にはじまる。その後、転々と移されたが、徳川将軍の崇敬が篤く、この地に社殿を造営して、江戸随一の産土神《うぶすながみ》として発展して行った。その名が示すとおり、山王様の源は近江の日吉《ひえ》神社にあり、日吉神社は比叡山の地主の神である。慈覚大師が草創した無量寿寺は、時代とともに姿を変えたが、「星野山」の山号はその後も長く伝わり、山王様の丘陵を「星ヶ岡」とも称する。有名な星ヶ岡茶寮は、その名を踏襲したものである。

山王坂と富士見坂を南北に結ぶ道を、「三べ坂」という。永田町小学校の裏手に当たっており、私が通っていた学校も、はじめはその坂の西側にあった。小学三年生の時に、青山外苑に移ったので、断片的な記憶しかないけれども、私の母も姉も同じ学校の出身で、母は子供のころ、総模様のお振袖に、緋の袴をはいて人力車で通ったと、話してくれたのを覚えている。東京にもそんなのどかな時代があったのだ。「三べ坂」は、三平か三辺か三邸のなまったものか、よくわからないが、里見弴の『夜桜』という小説には、「三平坂」と書いてあり、深山のように樹が生い茂った暗い坂道であったという。

麴町界隈

小学校へ入った時、私は自転車を買って貰い、麴町界隈を走りまわった。中でも「富士見坂」を赤坂見附へ下りて、「紀の国坂」を登る坂道は爽快だった。ブレーキをかけずに、フルスピードで下ると、赤坂離宮の中途までいっきに行けた。当時は人通りが少なくて、自動車はむろんのこと、人力車に会うことも稀であったから、今から思うと夢のような話である。

そのたびに私は、赤坂見附の右手にある「弁慶橋」を見て通った。下町とくらべて、橋の少ない山の手では、この弁慶橋が私にとって、唯一の親しみのある橋であった。今でもこの辺は木が多くて、昔の面影をややとどめているが、橋もコンクリートに変わったものの、いかにも日本の橋らしい清楚な姿を残している。欄干の擬《ぎ》宝珠《ほうしゅ》にも、以前は江戸の橋の遺構が使われていたが、それも今は新しいものに変わっている。「弁慶橋」の名の起りははっきりしないけれども、有名な武蔵坊とはかかわりがなく、橋大工の弁慶なにがしの名にあやかったともいわれている。そこから橋がかかっている濠の名も、「弁慶堀」と呼ばれるようになった。が、勿論そういうことは、どちらが先ときめるわけには行かない。

　この橋を北へ渡ったところに、「清水谷公園」がある。左側にホテル・ニューオータニが建ち、周囲は住宅地になって、「公園」と呼ぶにはせますぎる。が、私が子供のころは、冷えびえした空気がせまって来るような、薄気味わるい一廓であった。まわりの溝には藻が生えて、真青によどんでおり、うっそうと繁った木《こ》の下道は、お天気の日でも水をふくんでいた。ここは明治時代に、大久保利通が暗殺されたところで、俗に「大久保公園」とも呼ばれていたが、非業の死をとげた利通と、公園の陰気な雰囲気は、未だに私の中で結びついていて、ここを通るたびごとに、子供のころの記憶がよみがえって来る。それというのも、私の実家と大久保家とは、極めて親しい間柄だったからで、鹿児島人の祖父と、利通は、同じ町内の生まれであった。だから大久保さんのことは、物心もつかないうちから聞かされていた。特に私の父親は、西郷隆盛に比べて、人気のない利通に同情を持ち、しばしば彼の辛い立場について語った。くわしいことはここには書けないが、幼い時から親しい仲であった西郷と大久保が、互いに戦わざるを得なくなった明治維新の悲劇は、身近な人々にとって、身を切られる思いがしたに違いない。

清水谷公園から、左の方へ登る坂道を、「紀尾井坂」という。大久保利通は、馬車で参内する途中、この坂の下で殺された。明治十一年五月十四日のことである。紀尾井坂は、徳川時代に、紀州と尾張の徳川両家と、井伊家の邸があったために、「紀尾井」の名を得たと聞くが、石垣と木立のつづく暗い坂道は、刺客にとって絶好のかくれ家で、岩倉具視もここでおそわれたことがある。

紀尾井坂とは反対に、東の方へ登って行く坂道を、「清水谷坂」と呼ぶ。やがては平河町の「諏訪坂」から来る道と一緒になるが、清水谷をつづめて「したん坂」ともいっている。麴町通りの裏道で、今でも比較的静かな坂道だが、この辺が私のサイクリングの縄ばりであった。今いった「諏訪坂」もその一つである。弁慶堀の上方には、昔の石垣が残っており、その向うに赤坂プリンスホテルの屋根が望める。戦前までは、朝鮮の李王家の御殿であったから、プリンスの名を記念に残したのであろう。反対側には、都道府県会館が建っていて、江戸の地図にはその辺に、「スワ」という旗本屋敷が記載されていると聞く。

諏訪坂と並行して、平河町から麴町三丁目へ出る通りを「貝坂」という。甲州街道は、半蔵門からはじまると私は思っていたが、『江戸名所図会』には、「この地は昔よりの甲州街道にして」、路傍に一里塚が建っており、それを「貝塚」と称したと記してある。貝塚といえば、先史時代の遺跡で、縄文人がこのあたりにも住んでいたに違いない。貝坂の名が、その貝塚から出たことはいうまでもないが、平河町の平川も、徳川以前からの地名で（正確にいえば川の名で）、太田道灌の居城の東を流れていた。ためにその城も、一名「平河城」と称したという。そのころ勧請された「平河天神社」が、平河町一丁目に残っているが、かつては徳川幕府の庇護のもとに、盛大を誇ったこの社も、たびたびの火災にさびれはて、昔の面影を偲ぶよすがもない。

国府路の町

麴町は半蔵門から四谷へ至る間の広い通りをいい、甲州街道の入口に当たっている。麴を造る家が並んでいたので、麴町と呼ぶのかと思っていたら、そうではなく、新宿から武蔵の国府（今の府中）を経て、甲斐の国府（甲府）へ至る「国府路《こふじ》」の町であることを、このたび『大日本地名辞典』を見てはじめて知った。半蔵門の名が伊賀の忍者、服部半蔵に出ていることは有名だが、服部氏の家は麴町四丁目の南側にあり、そのあたりの台地を「半蔵山」とも称したという。甲州街道の入口は、江戸城にも近く、警戒を必要とする地点であったから、隠密が常に目を光らせていたのであろう。

今度歩いてみてわかったのは、麴町通りが、馬の背のようなところを通っていることで、昔の街道は尾根伝いに行くのがふつうであった。したがって、両側は坂になる。南側の坂道は前章に書いたので、北側だけにかぎっていうと、まず「永井坂」。これは麹町一、二丁目の間を、番町の方へ行く坂道で、「袖摺坂」とつながっている。その坂下に永井という旗本の屋敷があり、そこから「永井坂」の名を得たと聞くが、麹町から番町へかけては、武家屋敷がつづいており、戦前までは当時の長屋門があちらこちらに残っていた。

「永井坂」を下ると、すぐ「袖摺坂」となるが、昔は袖をすり合うほど道幅がせまかったと聞いている。登った左手（西側）に、滝廉太郎の旧宅の碑が建っており、思わぬところで「荒城の月」とか「箱根の山は天下の嶮」のなつかしいメロディにめぐり合う。そんなことを知ったのも、このごろは殆んどの坂道に、坂の名と由来を記した道しるべが建っているからで、私はいつも有りがたいことに思っている。特に麹町の場合は、ていねいに造ってあり、そういうところにも、町内の気風が現われているのは面白い。

「袖摺坂」を登りつめると、西の方から来る「五味坂」と出会う。この坂には、芥坂、埃坂、ハキダメ坂などの他に、多くの別名があるが、大方裏通りのわびしい道だったのであろう。麹町区史には、「甲賀坂」とも呼んだと記してあり、服部半蔵の率いる伊賀者と相対して、北側には甲賀の隠密が住み、甲州街道の要所をかためていたと考えられる。麹町の中でも、このあたりは特別起伏の多い場所で、「袖摺坂」を下ると、そのまま「御厩谷坂《おんまやだに》」につづいて行く。その名が示すとおり、徳川将軍の馬屋があった場所で、現在は大妻学園に変わっている。

再び麴町通りに帰って、二丁目から番町へ通じる道を「正和坂」と呼ぶ。番町方面には友達が多かったので、昔はよく下った坂道だが、名前を知ったのははじめてである。今も当時とあまり違わぬ邸町で、戦災もまぬかれたのか、大きな家がつづいているが、持ち主はほとんど変わってしまった。「正和坂」と平行して、麴町三丁目と四丁目の間を行く道を「善国寺坂」という。先の方に日本テレビがあるので、最近は「日本テレビ通り」と呼ぶと聞いたが、そういう風にして、忙しい都会人が、東京の坂の名を忘れて行くのは寂しいことである。

武家屋敷が建つ以前は、この坂の下を善国寺谷、もしくは鈴降谷、地獄谷ともいい、死骸を捨てる陰惨な場所であったと聞く。徳川以前からの風葬の地で、それこそ妖怪変化も出たことであろう。今の繁栄ぶりから、かつての景色を想像することは難いが、えてして坂道にはそういう伝説がつきまとうのは、記憶しておいていいことである。

現在、麴町は六丁目で終わっているが、昔は十三丁目まであり、十丁目が四谷見附になっていたと思う。弁慶橋から四谷、更に市ヶ谷、飯田橋へかけての低地を「外濠《そとぼり》」と称し、江戸城の外廓の濠がめぐらされていた。

「見附」の地名がその周辺に多いのも、要所要所に見張りの番所が置かれていたからである。四谷のあたりは埋めたてられ、今は運動場になっているが、内側には昔のままの土手が残っており、春は桜の花が美しい。

麴町からの帰り道に、私は何十年ぶりかでこの土手の上を歩いてみた。正月とはいえ暖かい夕方で、赤坂離宮の森には春霞がただよい、外苑の雑木林が夕日をあびて煙っている。大都会の喧噪もここまではひびいて来ず、閑散とした芝生の道には人影もまばらで、久しぶりに私は山の手の風景を満喫した。山の手は古く「山野手」と書き、元禄以前からの名称であったが、車で走っていてはとてもこのような気分は味わえない。「京に田舎あり」と、昔の人はうまいことをいった。

番町皿屋敷

「土手は低い岡続きのやうに、ところどころ拡がつて平坦《たいら》に成つたかと思ふと、また隆《たか》く盛上るといふ風で、道路《みち》へ落たところは面白い小さな傾斜を成して居る。日の射すところは草が青々として見える。……土手の尽きたところから、帯坂を上る。静かな蔭の多い坂で、椿の花なぞが落ちて居る。」

これは島崎藤村の『春』の一節で、ここにいう土手とは、前章に記した外濠の堤のことである。戦後は桜を植えて、ささやかながら花の名所の一つとなったが、日の射す場所に草が茂っている景色や、所々に「面白い小さな傾斜を成して居る」ことも、当時と少しも変わってはいない。このあたりから九段へかけてを「番町」という。

前にもちょっとふれたように、番町は徳川将軍の、いわば親衛隊に相当する旗本とか、番組諸士の屋敷が建っていたところで、昔は一番町から六番町まであった。

それも順番どおりに並んでいたわけではなく、それぞれの組（又は隊）の順位によってつけられたため、大そうこみ入ったわかりにくい町で、たしか「番町の番町知らず」という諺もあったように記憶している。またその占める地域も今よりは広く、南北は麴町から富士見町まで、東西は半蔵堀、千鳥ヶ淵などをふくむ内濠から、外濠へかけての一帯を称し、上中下《かみなかしも》のほかに、土手《どて》三番町などという町名もあった。

島崎藤村の小説にある「帯坂」も、土手三番町のわきにあり、椿の花はもう落ちてはいないが、静かな一廓であることは今も変わりはない。この「帯坂」が有名なのは、「番町皿屋敷」のお菊が、帯をひきずって逃げたという言い伝えがあるからで、戦前までは、「皿屋敷跡」と称する家まで残っていたという。

だが、岡本綺堂の創作による「番町皿屋敷」は、大正五年にはじめて上演された芝居で、一連の「皿屋敷物」の一つである。したがって、実話というより、先行の「播州皿屋敷」にならって「番町」と名づけたにすぎない。が、旗本の住む屋敷町は、舞台として絶好の場所であった。腰元が切られたとか、帯をひきずって逃げたという話は、至るところに伝えられていたに相違ない。おそらくこの「帯坂」も、似たような事件が起った坂道で、「番町皿屋敷」の芝居が有名になった後に附会されたと思われる。それというのも、この芝居が傑作であったからで、人々は賞讃のあまり、身近なところにそのモデルを設定したかったのであろう。伝説が形成されて行く過程というものは面白い。そこには深い人間の真実と願望が見出せるからである。

伝説といえば、皿屋敷そのものにも、長い歴史と伝統があった。元は中世の祭文とか、浄瑠璃によって語られたもので、広く関東から九州にまで流布していた。筋は大同小異で、美しい召使が十客の皿の一枚をわったために、井戸に沈められるか、身を投げるかする。やがてその幽霊が現われて、「一枚、二枚」と勘定をし、「九枚」まで数えて恨めしそうに消え失せる。ために主人一家は、怨霊の祟りで滅亡するという筋だが、最後に「十枚」といって手伝ってやったので、成仏したという話もある。

先年、姫路城内で、私は「お菊の井戸」というものを見たことがある。そこではお菊の怨念が「お菊虫」というものになり、未だに井戸の中でうごめいていると聞いた。播州の物語は、寛保年間に作曲された浄瑠璃から、歌舞伎に移され、その後も多くの「皿屋敷物」を生んで、一世を風靡するに至った。

それらに共通するのは、井戸（もしくは水）に沈められることと、皿を勘定することで、折口信夫は「河童の話」の中で水の神の習性と深いつながりがあるといっている。

それについて思い出すのは、歌舞伎の「女夫星逢夜小町《めおとほしあうよのこまち》」で、ここでは「井筒姫」が天杯を破したために、水船に落ちて死ぬ。広くいえば、皿屋敷物の一種といえようが、黙阿弥の「新皿屋舗月雨暈《つきのあまがさ》」では、「井戸」（朝鮮の陶器）の茶碗を割ったと讒言されて、「井戸」に沈められ、最後にやはり幽霊になって現われる。これはどうみてもお能の「井筒」——あの美しい水の精のような、「井筒の女」の幽霊に原型があるとしか思えない。『伊勢物語』の「筒井筒」の歌から、お能の「井筒」へ、それが物を数えるお化けの習性と結びついて、一連の皿屋敷物へと発展して行ったのではあるまいか。岡本綺堂の「番町皿屋敷」に至ると、もう井戸も井筒も影をひそめ、皿だけが表に出て来るのは、古代の水の神が、河童に転落した運命に似ている。

「ゆく河の流れは絶えずして、しかも、もとの水にあらず」（方丈記）と、鴨長明はいったが、芝居の変遷の上でも、同じことがいえるようである。

靖国神社の周辺

「九段坂」の上には、靖国神社がある。明治のはじめまでは、このあたりも番町の一部で、神社が建つに当たって、富士見町と改名され、最近また新しく「九段」という町名に変わった。ただ便利だからというだけで、このように勝手に名前を変えるのは、土地にまつわる歴史を抹殺することで、政府の役人が、いかに歴史を大切にしていないか、想像がつくというものだ。奈良や京都では、こういうことは起らないと思うが、改名してはたして便利になったかどうか疑わしい。少なくとも、私たち東京の住人にとって、ややこしくなったことは事実である。

靖国神社は、明治二年に、戊辰の役の戦没者を祀ったのがはじまりであると聞く。私が子供のころは、まだ靖国神社などといういかめしい名前では呼ばず、一般には「招魂社」として親しまれていた。「招魂社」であるうちは無事だったが、第二次大戦中に士気を鼓舞するため、政治的に利用されたのが仇となり、今ではまるで戦犯扱いにされている。なまじ境内が宏壮で、大きな拝殿や鳥居が建っているので、荒廃とまで行かずとも、敗戦の記念碑めいた感じを与えるのは否めない。それでは明治維新に恨みを呑んで死んだ志士たちや、戦争で若い命を奪われた兵隊さんに、あまりにも気の毒ではないか。立場は違っても、政治に利用されていることは、今でもまったく変わりはなく、遺族の方たちのやりきれない気持ちを思うと、何とも申しあげようのない心地がする。何も盛大なお祭りをしろというのではない。一日も早く、昔の「招魂社」に還って、空しく死んだ人々の霊を、心おきなく慰めたいと祈るのみである。

靖国神社の境内には、能舞台もあった。たぶん今でもあると思う。私の記憶はさだかではないが、ある日、幼稚園からの帰りに、そこへ「お能見物」に連れて行かれた。お能は「猩々」で、二人の赤いきものを着た酔っぱらいが、舞台の上で泳ぐようにして舞っていた。その時、突然、電気が消えた。間髪を入れず、紙燭《しそく》がともされ、蠟燭の光が舞台を照らした。上からの電灯とはちがって、下から照らす光は、舞台をまるで別物のように美しく、生き生きと見せ、波の上で妖精が、たわむれつつ遊ぶ姿を浮きたたせた。私は夢を見ているような気分になり、お能が済んだ後までも、その夢はつづいた。それがお能とのはじめての出会いであった。

「花」とか「幽玄」という言葉は知るはずもなく、謡本さえ読めない以前に、私は古典芸能の持つ不思議な魅力のとりことなったのである。

お能といえば、靖国神社の北側の「富士見坂」の近くにも、細川家の舞台があった。これは大分後のことだが、そこで見た桜間金太郎（先代の弓川《きゆうせん》）の「融《とおる》」の能も忘れられない。「融」は、源の左大臣融の亡霊が、生前に愛した六条河原院の風景が忘れられず、月のいい夜に現われて昔を偲ぶ舞を舞う。笛の音にさそわれて、白い衣をまとった融の大臣《おとど》が、笏を両手に持ち、幕からするすると現われた時の美しさは、耿々《こうこう》とかがやく月の光に包まれる思いがした。その金太郎も今は亡く、細川邸の跡もわからなくなっている。

富士見町の名は、この「富士見坂」から出たと思われるが、勿論今は富士山を望むことは不可能である。法政大学を右に見て、坂を西へ下ったところで、左（南）から来る「一口坂」と出会う。私たちはヒトクチ坂と呼んでいるが、イモアライ坂と訓《よ》むのが正しい。聞くところによれば、神田淡路町にある「淡路坂」の別名も、一口坂と書いて、イモアライと呼ぶそうで、そのあたりに、太田道灌が建立した「一口稲荷《いもあらい》」があったという。

ここでふと思い出すのは、京都の淀のあたりにも、「一口」という地名があり、もとは巨椋《おぐら》の池の渡しがあった所と聞いている。川のそばでもあり、伏見の近くだから、お稲荷さんが祀ってあったであろう。そこでお芋を洗うと、作物がよくできるとか、病いに利くとされていたのではなかろうか。太田道灌は、おそらくその神社を江戸に移したので、一口をイモアライと呼ぶことは、当時の人々には常識であったに違いない。

「富士見坂」に匹敵するほど多いのは、「幽霊坂」である。麴町にも二つあって、富士見町一、二丁目の間、かつて裏四番町といったあたりを、南北に下っている。今でもちょっと薄気味悪いような細道で、たびたびいうように、この辺一帯には旗本の屋敷があったから、「番町皿屋敷」のような怪談は、どこにでも伝えられていただろう。「幽霊」の名を忌んで、改名した坂道を加えると、尨大《ぼうだい》な数にのぼると思う。

一ツ木の憶い出

四谷見附から赤坂見附へ下る大通りを、「紀の国坂」と呼ぶことは前に記したが、そのあたりの高台を赤根山（茜山）といい、「赤坂」の名はそこから起ったと伝える。小泉八雲の『怪談』に、ノッペラボーという化けものが現われたのも、この紀の国坂でのことらしい。とかく坂道にはそういう伝説がつきまとうが、私が幼いころでも、夜は狐か狸が出そうな寂しい場所であった。

赤坂離宮の塀にそって、秩父宮邸の前を、青山通りへはすかいにぬける道を、「弾正坂」と呼ぶ。上野の松平家の邸跡で、「弾正」は代々その家の官名であった。現在、虎屋は反対側に移っているが、以前は青山通りへ出る東側の角にあり、豊川稲荷社と隣合っていた。このお稲荷さんは、正しくは「豊川陀枳尼天《だきにてん》堂」と称し、水商売の人々の人気を集めているせいか、最近はとみに盛んになったように見うけられる。が、はじめは大岡越前守忠相の邸内に祀ってあったとかで、こうして書いてみると、赤坂見附の周辺は、徳川の近臣によってかためられていたことがわかる。

天正十八年、徳川家康が入府した時も、東海道の品川経由ではなく、渋谷道玄坂から青山、赤坂を経て、江戸城へ入ったと聞く。青山通りは、古く「青山街道」といって、江戸から相州大山へ向かう古駅道の一つであった。当時の奉行、青山氏の名にちなんでつけられたともいうが、それより徳川以前の「大山街道」が、「青山街道」に変わったとみる方が自然であろう。私が今住んでいる町田市の近くにも、ところどころに「大山街道」の古道が残っており、「大山詣で」が盛んであったころの信仰の跡をとどめている。

赤坂見附と弾正坂の間の南側には、「一ツ木」という通りがある。先の方にＴＢＳのビルが建っていて、ちょっとした繁華街になっているが、私が永田町に住んでいたころは、散歩がてらの買物に手ごろな町であった。一ツ木というからには、銀杏か欅の大木があるに違いないと思い、先日行った時たずねてみたが、誰も知る人はいない。それもそのはず、ここは鎌倉時代に、「一ツ木原」とか「一ツ木村」と呼んだ所で、木曾義仲の父、義賢の城跡とも、また斎藤別当実盛の邸があったとも伝えていることを、『大日本地名辞典』を読んではじめて知った。たとえ「一ツ木」が立っていたにしても、それは八百年前の夢の大木にすぎなかったのである。

その一ツ木から青山通りを少し登ったところに、私の笛の先生が住んでいられた。杉山立枝という名人で、穏やかな人相の大男だった。学校への行き帰りに、そこを通ると、美しい笛の音が流れて来て、私の足をとどめた。ついに我慢しきれなくなって、虎屋の御主人の黒川さん（先代）の紹介で、むりやり弟子にして頂いた。たしか十歳の時だったと思う。永田町の家にも稽古に来て下さった。杉山さんは特別肺活量が大きかったのか、誰にも吹くことのできない「大獅子」という太い笛を愛用しておられた。井伊家に伝わった名器である。

能管には、「筒音《つつおと》」と名づけて、外へひびくあざやかな音とは別に、筒の中にこもって、低くハーモニイする別の音色がある。まことにそれは「筒音」としかいいようのない、深く内にこもった微妙なひびきで、その両方が相まって、何ともいえぬ典雅な風韻をかもし出す。「大獅子」の名笛は、杉山立枝という名人を得て、その本来の特徴を存分に発揮することを得たに違いない。杉山さんの笛ほどゆたかな音量と、筒音の美しさを聞かせてくれた人は、後にも先にもいないのである。家に来て吹いて下さると、鶯が庭先の木にとまって、競演するように高音で啼いた。心ない鳥でさえ、名人の笛には感ずるのかと、聞く人はみな讃嘆したが、既に高齢であった先生は、それから間もなく亡くなられた。が、あの美しい音色だけは、半世紀を経た今日でも、忘れることができずにいる。今でも一ツ木のあたりを歩いていると、車の騒音のかなたに、ひときわ澄んだ笛の音が聞えて来て、私は思わずはっとする。そして、私は思う。笛は一瞬にして消えさるはかない芸であるが、聞く人の心には永久に生きつづける、杉山さんは私に、得がたいものを遺して行って下さったのだ、と。

一ツ木は坂が多いところである。そのことを書くつもりでいたのに、思わぬかたへ筆がそれてしまった。坂道が幽霊の出るところならば、私が一ツ木の坂で出会ったのは、狐狸のたぐいではなくて、名人の笛の魂であったかも知れない。

赤坂台町

弾正坂から青山通りをはすかいに行くと、「牛鳴坂」がある。一名「さいかち坂」ともいい、先の方に山脇学園が建っている。ここは昔、牛馬も難渋するほどの急坂で、そこから「牛鳴」の名を得たと聞くが、今は殆んど坂とは気づかない程度のなだらかな道で、自然に右の方へ迂回して行き、「薬研《やげん》坂」と出会う。

今時の若い方たちは御存じないと思うが、ヤゲンというのは、漢方の薬を砕いたり、磨ったりする道具で、石または金属をもって作られ、舟形に底がえぐれている。その名のとおり、この坂道も、真中が深くくぼんでおり、下ったかと思うと急に登る。登ったところの左手には、コロムビアのビルが建っていて、その筋向いに私どもの家がある。現在は長男夫婦が住んでいるが、十年くらい前までは、至って人通りの少ない邸町であった。前は一ツ木へ下る坂道、後ろも乃木坂方面へ通じる急坂で、いかにも「台町」の名にふさわしい高台であるが、最近は赤坂七丁目という無性格な町名に変わってしまった。鎌倉時代の一ツ木原に、もし源家の城が存在したとすれば、必ずこの台地にあったに違いないと私は想像している。

交通が不便であったころは、私もしばしば息子の家に泊まった。その後、まわりが騒々しくなって、足が遠のくようになった。ある晩、友達の家からの帰り路に、お巡りさんに呼びとめられ、「この辺はひったくりが多いから、気をつけてくれ」と注意されて以来、いよいよ遠のいた。まことに東京ジャングルとはこのことかと、暗澹とした気持ちになるが、子供の時から親しんだ土地が、なつかしいことに変わりはない。永田町から赤坂のあたりへ来るたびに、故郷へ帰ったような気がするのもいたし方のないことだろう。

古くから開けた所なので、台町・一ツ木の裏通りには、江戸の面影を残している神社や寺が少なくない。「稲荷坂」は、コロムビアのわきから下る細い坂道で、途中に「末広稲荷」の小社があり、ところどころに迷路のような小路や、石段が残っていたりする。「円通寺坂」は、台町の円通寺の門前から、同じく一ツ木へ下る坂道で、寺の境内には、ビルの谷間に古いお墓が身をよせ合うようにして立っている。

月もなし円通堂の歌の会

と、正岡子規が詠んだころは、かなり大きな寺院であったらしい。徳川家が江戸へ入った時、円通院日亮が草庵を結んだのが最初と伝えている。日蓮宗の寺なので、台町の家に泊まっていると、明け方近くの夢に、うちわ太鼓の音がいつはてるともなく聞えたことを思い出す。

一ツ木へ下る坂の一つに、TBSの横へおりる道もあるが、新しくできた坂なのか、名前はないようである。その先に、もう一つ名前のわからない坂があり、どこかの寮にでもなっているのか、どの家にも花が植わっていて、ここへ来ると何かほっとした気分になった。下へおりる道は石段になって、地下鉄千代田線の駅の近くへぬけられる。このような裏道は、庶民の生活の匂いにみちており、表通りを歩くよりはるかに趣がある。が、最近行ってみたら、大きなビルの建築中で、東京の中から、ひなびた風景がまた一つ消えて行くのを、寂しいことに思った。

この坂と直角に、西へ下る道を「三分坂」と呼ぶ。昔は自動車で登るのも大変なほどの急坂だったが、改修されていくらか楽になった。『新撰東京名所図会』には、「ここに至りて車力賃を三分増したりとて、其名を伝へたり」と記してあり、坂の途中に報土寺があるところから、坂下の通りを「報土寺前」とも称したという。

私が小学校へ上る前、その境内に仕舞の先生が住んでいられた。露木ともという女の先生だった。お弟子は大方子供ばかりで、おやつをたべながらの稽古はたのしかった。先生は、立居振舞のしゃんとした方で、いつも丸髷に結っておられ、仕舞と一緒に鼓も教えて下さった。さして名人上手というのではないけれども、玄人として恥ずかしくない芸を身につけており、いいかげんな稽古はされなかった。私のお能の手ほどきは、露木先生からうけたといっていいのだが、やがて女の師匠ではあきたらなくなって、梅若実氏に入門した。このごろになって、しきりに当時のことが憶い出されるが、恩返しがしたい時に、もう相手はこの世にはない。それが浮世の慣らいというものだろう。せめて三分坂を往復するたびに、主のいない報土寺の境内にむかって、私は感謝することを忘れたくないと思っている。

赤坂から麻布へ

私どもは結婚してから十年の間に、九へんも引っ越しをした。主人の仕事で毎年外国へ行ったからで、そのたびごとに借家を転々としたが、ほとんど麴町か赤坂、麻布方面にかぎられていた。長男が生まれたのも赤坂氷川町で、今の赤坂六丁目のあたりである。「氷川坂」の崖下の、日当りの悪い家だった。坂を登ったところに、氷川神社があり、よく乳母車をひいて散歩に行った。住んでいたのは半年足らずであったが、やはりそういう憶い出があるところは懐かしい。先日、何十年ぶりかでお参りに行き、大木のうっそうと繁る境内が、当時とあまり変わっていないのをみて安心した。

その時頂いた由来書によると、氷川神社は、村上天皇の天暦五年（九五一年）に一ツ木のあたりに創建され、八代将軍吉宗の時、現在の地に移されたという。オオナムチノ命と、スサノオノ命と、クシイナダヒメを祀っているのは、出雲系の神社であることを示している。してみると、氷川は出雲の簸《ひの》川から出た名称にちがいない。近くに住んでいたころは、ただ「氷川様」とか「山王様」としか知らなかった神社が、それから何十年も経った今日、古い歴史を持つことがわかって親しみを増したのは、うかつでもあり、面白いことでもある。

「乃木坂」の上にも住んだことがある。今、この坂は大きく迂回して、なだらかな道になっているが、昔はまっすぐ降りて行く急坂で、石段になっている所がかつての道であるらしい。乃木神社はそのころから建っていたと思うが、立派になったのは戦後のことで、邸の中には、乃木希典が自害した部屋の壁に、その時の血痕がまざまざと残っていたのが印象に残っている。

乃木大将は、日露戦争で多くの部下をなくした責任を感じて、常に死場所を求めていた。明治四十五年、明治天皇が崩御になった時、夫婦そろって殉死をとげ、年来の望みを果したのである。それについては、芥川龍之介が、後に小説を書いて、きびしく批判したが、当時は美談であったものが、時代とともに評価が変わるのはいたし方のないことだろう。が、自分の行なったことに対して、今時誰が乃木さんほどの責任を感じるか、罪の意識におののくか、それを思う時、たやすく批判などできるものではないことを痛感する。

青山一丁目から来る通りは、乃木坂の先で左へ曲って、六本木に至る。六本木の手前には「檜坂」があり、その角のところに防衛庁が建っている。檜坂と呼ばれたのは、徳川時代に長州の毛利家の藩邸があり、檜の老樹が繁っていたところから、「檜屋敷」と称したからである。が、明治維新の長州征伐の際、その屋敷は取り壊され、さしも名を得た檜の大木も、一つ残らず伐り倒されたという。

志賀直哉氏の若いころ、檜町のあたりに家があったことを、小説で読んだ記憶があるが、檜坂の向い側の龍土町には、梅原龍三郎氏がしばらく住んでおられ、私も二、三度お訪ねしたことを覚えている。大きな古い日本家で、梅原さんの華麗な作品に、はじめて接したのもそこであった。居間の入口には、鉄斎の牡丹の花の絵がかかっており、その絵と先生の作品が、非常によく似ていたことを思い出す。梅原さんは、フランスで、ルノアールに師事し、その影響を多分にうけているのは、周知の事実であるが、ほんとうの先生は、というよりも、よき競争相手は、鉄斎ではなかったかと、今にして私は思うのである。

六本木からほど近い「鳥居坂」にも、私どもは何年か住んだことがある。元慈恵医大総長の、高木喜寛氏の御一家と親しくしており、邸の一部を貸して下さった。鳥居坂の上から、左へ少し入ったところの、見晴しのいい高台である。下は十番の商店街で、遠く芝浦の沖まで見渡せた。先日、そこを通ったついでによってみたら、大きなマンションが建っていて、昔の面影は一つもない。淋しくなって、元いた家の門のあたりを歩いていると、垣根と背中合せに、お地蔵さまが立っているのが目にとまった。昔からそこにあったらしいのに、住んでいる間は、少しも気がつかなかったのは申しわけない。私はさまざまの思いをこめて、そのお地蔵さまに手を合わせ、なつかしい鳥居坂に別れを告げた。

伝通院と後楽園

私どもは伝通院のそばにも住んだことがある。長男が大塚の附属小学校に通っていたので、なるべく近いところへ引っ越し、戦争がはじまるまでそこにいた。大曲から「安藤坂」の下を左へ入ったあたりで、そのころは小石川水道町といった。したがって、伝通院の門前は、しじゅう往き来していたが、恥ずかしいことに一度も中へ入ったことはない。こういう機会に見ておきたいと、炎天のさなかにお参りをした。

さすがに由緒あるお寺のこととて、境内は清々しく、桜並木が涼しい木蔭をつくっている。この寺は、はじめ無量山寿経寺といい、十五世紀のはじめに建立されたが、慶長十七年（一六一二年）徳川家康の母、お大の方を葬って以来、幕府の援助のもとに隆盛をきわめた。現在の小石川三丁目から春日町へかけて、広大な地域を占め、お大の方の法名にちなんで、「伝通院」と改めたという。

本堂の裏には墓場があり、徳川将軍の勢力を誇示するような、大きな石塔がいくつも建っている。その中には、千姫の墓や、三代将軍家光夫人の墓もあり、見あげるような大塔が林立する風景は、趣味は少しもよくないが、壮観である。芝生の広場からは、遠く白山・本郷の方まで眺められ、何もかも大きく、堂々として、ふつうの墓場のようなじめじめした感じがないのが気持ちよい。創建当時の十分の一か、何十分の一の広さしかないだろうに、東京にもまだこんなお寺が残っていたのかと感心した。

帰りがけに私は、もと住んでいた家のあたりを歩いてみた。この辺は戦災で焼けたが、町の趣はあまり変わってはいず、昔の家の門とおぼしきものを発見した。別して何の感興もわかないのは、戦争中のいやな憶い出があるからだろう。私はここではじめて空襲の怖ろしさを体験し（といっても、艦載機が来て、爆弾を数発落として行ったにすぎないが）、急いで南多摩郡の鶴川村へ逃げだしたのである。

「安藤坂」は、安藤飛驒守の邸があったところから名づけられたという。ここから東西へかけては坂が多く、私が覚えているだけでも、「西富坂」「牛坂」「金剛寺坂」「新坂」「荒木坂」等々、一々あげるのもわずらわしい。金剛寺坂には、かつて永井荷風の生家があり、小説にも、日記にも、老樹の繁る薄暗い坂道のことを記している。今度、何十年ぶりかで通ってみても、その風景は昔とほとんど変わってはいない。むしろ変わらなすぎることに驚いたくらいである。

再び伝通院の前から、私は春日通りを後楽園の方へ下った。伝通院へお参りしたせいか、それともあまり暑いので、緑が見たくなったのか、突発的に私は、後楽園へ行きたくなった。野球場ではなく、お庭の方である。私の取材は、いつもそんな風に道草ばかりする。人生には無駄がなくてはいけない。といえば、聞えがいいけれども、実は無駄なことばかりで過ごしている毎日なのである。

さすがに表通りには、昔の面影はなく、野球のスタンドの手前から、少し北へ入ると、うっそうとした樹林が見えて来る。この庭園は、天下を憂えた後に楽しむという意味で、「後楽園」と名づけられたが、水戸徳川家の初代頼房から、二代光圀の時代へかけて完成されたと聞く。その後、たびたび盛衰や変革があったとはいえ、平安朝の面影を伝えるのびのびとした名園である。

入ったところには、蓮池があって、花はまだ咲いていないが、蕾をたくさんつけている。その左手に、神山を模したような美しい築山があり、先の方にこまかい笹の生えた丸い山が見える。自然に生えたのかも知れないが、笹だけの山というのも中々いいものだと思った。廻遊式庭園というのであろう、そこから道は自然に池のふちを廻って行き、老樹の間に、小さな祠《ほこら》が建っていたり、滝が落ちていたりする。木の間を吹く風は涼しく、滝の水は氷のように冷たい。灯籠は大方徳川時代の、ごてごてした趣味のものが多いが、自然石の石組や石橋にはわびた風情があり、『伊勢物語』の「八つ橋」の庭、「竹生島」を模した岩なども、それぞれに趣があって面白い。

騒がしい都内にも、こんな静寂な一廓があるとは頼もしい。私は一日の汗と疲れを洗い流した心地がし、やはり道草はするべきだ、無駄をしてよかったと、自画自讃しながら後楽園を後にした。

神楽坂散歩

小石川の家から、「神楽坂」は近かったので、ときどき散歩に行くようになった。下町の中でも、ここだけはちょっと変わった雰囲気があり、親しみやすかったせいかも知れない。どう違うか、ひと口にはいえないけれども、学生街であったことと、市ヶ谷や牛込の邸町に近いため、山の手と下町が入り交ったような性格がある。今はどこの町にも特徴がなくなって、東京はのっぺらぼうの大都会と化したが、まだ神楽坂の裏道に入ると、昔ながらの石畳や路地が残っていて、江戸の情緒をたのしむことができる。

ことに毘沙門《びしやもん》さまの縁日の夜は活気がある。お寺の門前には、夜店が並び、生きのいい姐《ねえ》ちゃんが、江戸っ子弁で応対してくれる。それに見とれて、要りもしない独楽《こま》や凧を買ってしまったこともある。独楽のまわし方や、凧糸のつけ方まで、彼女はていねいに教えてくれた。ああいう親切さは、このごろの町にはない。その近所のおせんべ屋でも、果物屋でも、料理屋でも、今は失われた人情味が、神楽坂には多分に残っているような気がする。

最近は矢来の出版社へ行くことが多いので、以前にもまして親しみを持つようになった。が、知っているのは、いわゆる神楽坂の商店街だけで、一歩横道へ入ると、西も東もわからない。そう方向オンチではないつもりだが、いつも夜になって、飲みに行くからだろう。誰かいい案内人はいないものか、そう思っていると、写真家の高梨豊さんが、神楽坂の生まれであると知った。高梨さんには、いつもお世話になっているのに、一度もお目にかかったことがない。こういう機会に会っておきたいと、忙しい中を都合して来て頂いた。

会ってはいないが、テレビでは見たことがあり、角刈りの兄《あん》ちゃん風の容貌は、かなり気難しそうな印象をうけた。が、会ってみると、気難しいのではなくて、行儀のよいテレ屋であることがすぐわかった。これは江戸っ子の特徴で、テレるから粗野な振舞いもし、こわもてを装う。江戸っ子をひけらかすのは、本物の江戸っ子ではない。彼等は江戸っ子と見られることさえ羞かしいのである。

本人から聞いた話によると、彼は神楽坂の待合の息子さんで、ここで生まれ、ここで育った。下町の匂いがしみついているのは当然だが、例の江戸っ子の持ち前から、それに溺れこむことを嫌っており、彼の作品からは、江戸の情緒とか雰囲気が、注意深く取りのぞいてある。案内をして下さる時も、自分の生まれ故郷だというのに、素っ気ないほど恬淡《てんたん》とした態度で、あまり喋りもしないし、説明もしてくれない。それが却って私には気持ちよかった。

その日は台風が近づいているとかで、大雨が降るかと思えば、すぐ晴れ上がってむし暑かった。最初に行った若宮八幡では、藤棚の下で雨宿りをし、重い口から子供のころ、この境内で遊んだこと、同じ写真家の大倉舜二さんの家が、八幡さまの向いにあったこと、神社の下の坂道を、昔は「幽霊坂」と呼んだことなどをうかがった。

この神社は、源頼朝が、奥州の藤原泰衡を討伐に向かった時、祈願のために鎌倉の鶴ヶ岡八幡を勧請したと聞いている。そこで神楽を奏したのが、「神楽坂」の名の起りであろう。私の記憶にある「神楽坂演舞場」や、「牛込亭」という寄席があったところも、高梨さんは教えて下さった。「ジヤウトウ屋」という果物屋は、バナナの叩き売りが成功して、店を持つに至ったというが、ジヤウトウは上等であろうか。未だに旧仮名遣いに固執しているのは、頑固者らしくて愉快だし、毘沙門天を土地の人々が、「オビシャ」と呼んでいることも面白く聞いた。

私たちは、晴れ間をみて歩き、雨がひどくなると、行きつけの「寿司幸」や、天ぷら屋の「金六」さんに駆けこんで、お茶を飲みながら雨宿りをした。台風のさ中では、充分な取材は望めなかったものの、雨にぬれた石畳は、常にもまして美しく、露をふくんだ柳の木が、嵐にゆれている姿も風情がある。

「だけど、あなたは、けっしてこういう風景を、撮影なさらないんでしょう」

帰りがけにそういうと、高梨さんは、黙ってうなずいたまま去って行った。

八百屋お七と振袖火事

私の里の墓は、豊島区の染井にあったので、お参りに行く時は、いつも本郷から巣鴨を経て行った。その途中の右側に、吉祥寺という寺があり、「八百屋お七のお墓がある」と、母が教えてくれた。或いはただ「お寺」といったのを、「お墓」とうけとってしまったのかも知れない。が、それは歌舞伎から得た知識で、実際にはお七と何の関係もないことを、後に知った。

八百屋お七といえば、若い娘が恋人に会いたい一心で、放火の罪を犯し、火あぶりの極刑に処されたことで知られている。その哀れな女心が、世間の同情を集め、早くも三年後の貞享三年（一六八六年）には、西鶴が『好色五人女』の中に書いて評判をとった。その後、多くの浄瑠璃や歌舞伎に脚色され、「お七吉三」の名は一世をとどろかすに至った。私も子供のころから、文楽や歌舞伎で上演されるのを、何べん見たかわからない。そして、眼に焼きついているのは、麻の葉絞りのきものを着たお七が、髪をふり乱して梯子を登って行く場面で、それ以外の筋もセリフも殆んど覚えてはいない。歌舞伎で通し狂言を演じることが稀なのと、「櫓《やぐら》の場」があまりにも強烈な印象を与えるからだろう。一つには、まちがった記憶を正すため、また恋に一命をささげた女人のためにも、私はお七の墓へお参りしたいと思った。

聞くところによれば、それは小石川・指ヶ谷町の円乗寺にあり、寛政年間に、お七役で名を馳せた四代目岩井半四郎によって建立されたという。現在は白山一丁目に変わっているが、『新撰東京名所図会』に、「指ヶ谷町より東に向い駒込の方へ上る坂」とあるのを頼りに行ってみると、白山通りから東へ上るせまい坂の途中にみつかった。坂上に浄心寺があるので、「浄心寺坂」とも呼ばれるが、一名「於七《おしち》坂」とも称し、今は寺というより、祠といった方がいいほどの、さむざむとした露地の奥にある。

天和元年（一六八一年）二月、本郷の大火に焼けた八百屋お七の一家は、円乗寺の門前に住居を移し、そこでお七は寺小姓の美男と愛し合うようになる。吉三というのは西鶴の命名で、ほんとうは左兵衛と称したらしい。が、何といっても、「お七吉三」の方が色気があり、語呂もいいので通ってしまったのは、嘘から出た真というものであろう。

二人が逢う瀬をたのしんだのもしばしの間で、やがてお七の一家は、元の住居へ帰ったため、彼女は男に逢いたい一念から、ついに火つけをしてしまう。わびしい寺のたたずまいに、美しい恋の絵巻を想像することは不可能であったが、今もお線香があがっている小さな石塔は、寺の一隅に肩をすぼめるように建っていて、女心の哀れさを物語っている。名前ばかりが有名になり、華やかな舞台にのぼっている事実を、お七はどんな気持ちで眺めているのであろうか。

八百屋お七の放火と、振袖火事は似たところがあるので、しばしば混同されている。が、この二つはまったく無関係であることを、お七のためにも断わっておきたい。似たところというのは、同じ年ごろの若い娘が、美男の寺小姓を見そめたことから、悲劇が起るのだが、時代はお七より三十年ほど前の、明暦年間の事件である。ある富豪の一人娘が、本郷の本妙寺へ参詣した帰りがけに、水もしたたるような小姓と出会う。娘は彼の面影が忘れられず、男が着ていたきものと同じ模様の振袖を作り、肌身はなさず身につけていた。しまいには、狂気のようになって、病の床に伏し、十七歳を最期に死んでしまった。その振袖は、お棺にかけて寺へおさめたが、それを古着屋で買った同い年の娘が、あらぬことを口走るようになり、同じく恋の病で死んで行った。そういうことが三、四へんつづいたので、寺では不吉な衣装を焼き捨てることにし、燎火《にわび》に投じたとたん、一陣の竜巻が湧き起り、火のついた振袖は宙に舞い上がった。そして本堂を焼きつくした後、江戸八百八町にひろがる大火となったのである。

本妙寺は、東大の前を入った本郷四、五丁目にあったというが、「本妙寺坂」という地名を残すのみで、寺の跡は残ってはいない。不吉な寺ということで、再建しなかったのであろう。そのあたりも坂の多いところで、「石坂」「菊坂」などを上下しながら私は、今から三百年前に生きた娘たちの、恋の烈しさと、因縁の深さを想った。そして、八百屋お七と振袖火事は、けっして無縁ではなく、何か目に見えぬ糸でつながっているような心地がした。

――一九七八年

心に残る人々

ある日の梅原さん

梅原さんの仕事について、おたずねしたいことがあって、電話をした。いつもは奥様に出ていただくのに、うっかり「先生に」といってしまい、申しわけないことをしたと思ったが、既に先生は電話口に出ておられた。うかがいたいことがあるので、お目にかかりたいというと、来週ならいつでもいい、といわれた後、淡々とした口調で、このようにつけ加えられた。

「実はおばあさんが一昨日亡くなってね。面倒だから誰にも知らせないで失礼したが、来週なら落ち着くからぜひ来て下さい。ごはんをどこかで食べましょう」

私はしばし言葉もなく、しどろもどろにお悔みを述べ、知らぬこととはいえ、心ないことをしたと恥じ入った。奥様は実にいい方だった。殊に晩年は、真に幸福そうな、美しいおばあ様になられ、何をいってもにこにこ笑っていられた。その笑顔がちらついて、私は胸がつまったが、せめて御最期はお楽だったのでしょうねと、うかがうと、「まったく夢のようでした。当人もはたの者も、死ぬとは思わないうちに、夢のように逝ってしまった」と、先生は何度も「夢のように」とくり返された。

それから数日経て私は、梅原邸をおとずれた。身内だけのお葬式は済み、夫人の居間に祭壇がうつされ、小さな骨壺とお写真のまわりは、花で埋まっていた。写真はひと月ほど前に写されたものとかで、その晴れやかな微笑には死の影もない。確かに、仕合せな夫人は、「夢のように」この世を去られたに違いない。

先生は常と少しも変わりはなかった。むしろほっとして、「重荷をおろしたような気がする」といわれたのも、偽りではあるまい。梅原さんは、自分が先に死ぬことをいつも怖れていられた。長男の成四さん亡き後、老いた夫人と、お孫さんたちのために、さまざまに心を砕いていられたことを私は知っている。中でも子供のように純真無垢な愛妻に先立つことは、不安でならなかったであろう。「重荷をおろした」のは確かだが、身軽になったことの寂しさをひしひしと感じている、私は先生の言葉をそのように聞いた。

その気持ちは、花で埋もれた祭壇の絵に、何よりもよく現われていた。お通夜が済んだ後、先生は一人で部屋に残り、二時間くらいで描きあげられたという。それは今まで見たどの作品とも違っていた。どう違うとはひと口にいえないが、梅原さんの華麗な赤は、しっとりしたあかね色におさえられ、全体が紫の雲のような感じにほのぼのと匂っている。三十号の大作だが、短時間で描きあげたとは信じられないほど緻密で、心のこもった絵であった。

右上の方には、成四さんの肖像画を描き、それと並んで、最近の奥様の写真と、骨壺が置かれ、周囲に花が咲き乱れている。先ほど拝んだ祭壇とまったく同じ構図だが、同じであるだけ絵に表現された時の相違が如実に現われていた。梅原さんは、美しいものしか描かない画家である。その作品にはいつも美しいものを見る喜びにあふれている。きっとこの時も、花で飾られた祭壇が、美しく見えたから描かれたに相違ないが、六十余年もつれそった愛妻の追憶と、訣別の悲しみがにじみ出ており、特に夭折された成四さんと並んで描かれた構図は、見る人の胸を打つ。お通夜の晩に絵筆をとらざるを得なかった画家を、「凄まじい執念の鬼だ」と、同席の人は感嘆のあまりつぶやいたが、私はむしろ反対のことを想った。一種の安堵感と、深い悲しみが、不思議に入りまじったこの作品には、涅槃絵《ねはんえ》のような静けさがある。ともすれば躍り上ろうとする筆を慎重に押え、あふれ出る感情を内に秘めて、紫の花の雲の中を昇天する魂に、鎮魂の歌をかなでる、それが梅原さんの無私な愛情でなくて何であろうか。そして、こういう風に弔われる夫人ほど、幸福な人はないと私は思った。

感慨にふけっている私の足元に、しきりに犬がじゃれつく。梅原家にはヨークシャー・テリアが四匹いて、いつも奥様のまわりでたわむれていた。「お前たちも淋しいのでしょう」と私が同情するのを聞いて、先生は笑われた。「おばあさんは人に可愛がられることは好きだったが、ほかのものを可愛がることは知らなかった。だから、大したことはないのだ」と。

梅原さんは私を、お孫さんの新邸へ案内して下さった。道をへだてた向う側に建っていて、一時的に先生のアトリエになっている。「家にいると落ち着かないのでね」といわれるのも、さもあらんとお気の毒に思う。

先生は牡丹の花を描いていられた。牡丹といえば、最近私は吉井画廊で、目がさめるような傑作を見た。中国か朝鮮の唐草文様の紙に描いたもので、李朝の壺からこぼれんばかりに咲き出た牡丹が、画面一杯に強烈な香りを放っている。紙そのものが美しいので、わざと余白を残し、水彩かと見まがうほど大胆に、ひと筆で、真紅の大輪が描いてある。正に梅原さんの赤の世界、鮮血のしたたりのような色彩だ。ひまをかけて、綿密に描いた作品には、絵画としてこれより上のものはいくらもあろう。たとえば北京の紫禁城、イタリアの風景、富士山、浅間山の連作など。

だが私は、梅原さんのいわば余技ともいうべき大津絵とか、色紙のような小品も好きなのである。この牡丹の絵は油絵の大作だが、気分的には後者の方に属する。美しいものに出会った喜びを、寸時も早くとらえようとした息づかいが聞えて来て、繊細な花びらは、梅原さんの手の中でふるえ、透明な光の中でゆれ動く。

吉井さんの話では、これは大根島の牡丹とかで、血のしたたるような紅は、ガランス何とかといって、フランスでも中々手に入れにくい絵具だと聞いた。

大根島というのは、出雲の東方にある孤島で、徳川時代に松平家が、大根を作ると称して、禁制の朝鮮人参を栽培していた。戦後、人参だけでは生計が立たなくなり、牡丹を植えたのが成功した。梅原さんは、毎週そこから切花を送らせているそうで、今描いていられる牡丹も、はるばる出雲から空輸されて来たという。これからしばらくの間は、「牡丹の時代」がつづくことだろう。

吉井画廊で見た作品のことをお話しすると、あれは二、三年前に描いたものだと先生はいわれた。ちょうどそのころ、先生は眼の病から快癒され、「色というものは、なんて美しいんだろう」と歓喜されたと聞いている。大根島の牡丹の絵には、そういう二重の喜びがあふれているように思う。それにしても、九十歳になんなんとして、いよいよ瑞々しい絵が描けるとは驚くべきことである。

先日テレビを見ていたら、落語家の円生が、こんなことをいっていた。芸人は年をとって、生ま生ましい色気を失った時、はじめて芸の上に、ほんとうの色気が出せるようになる。志ん生がそう、文楽もそうだったと。

だが、これは誰にでも通用するとは限るまい。若い時、名人上手ともてはやされた人が、年をとって、老いぼれてしまうこともあるのだし、ある人々は、若さにかじりついて、いたずらに精力を浪費する。生活と芸術の間に、密接なつながりがあるのは事実だが、その目に見えぬ糸をあやつることは誰にもできない。ただ神のみぞ知るである。梅原さんには、ルオーのようなキリストは存在しなかったであろうが、ひたすら自己の天分を信ずることによって、強引に、率直に、自分の道を歩きつづけた強靱な精神と肉体の持ち主だ。そしてその場合、肉体の方に比重がかかっていることは確かで、そういう意味では、日本人には珍しいギリシャ的な人物といえるかも知れない。生活と芸術、信仰と絵画は、先生の中で一つにとけ合っており、その間の相克と矛盾に悩んだことなど一度もなかったであろう。悩みといえば、絵が早く描けすぎること、手が自然に動いてしまうことで、東西を問わず、およそ近代の芸術家の中で、名実ともにこれほど健康な人間はいないと思う。

昼間だというのに、先生はウィスキイの瓶を半分以上あけてしまった。煙草もたてつづけに吸われるので、きものもテーブルも床の上も灰だらけである。お酒でも、食べものでも、おいしいとなると人の二倍は平らげる。そういう梅原さんを、世間の人々は超人とか怪物だとかいうが、半面、こまかいことによく気がつく繊細な心の持ち主でもある。奥様の場合だけでなく、成四さんを亡くした時も、先生は悲しい顔を見せなかった。家族に対しては、ほとんど動物的といっていいほどの愛情をかたむける人が、平静であったはずはない。平静のように見せかけたのは、まったく周囲の人々に同じ思いをさせないが為である。今度もつとめて元気をよそおい、お通夜の晩から休まず描きつづけていられるのは、悲しみをまぎらす為であることはいうまでもないが、また他人に心配をかけさせたくないからだろう。今日もモデルが来ているようだったが、最近は人間より花を描く方が好きになった。相手が人間だと、どうしても気を遣うから、といわれたのも、いかにも先生らしいと私は思った。お金に困っている友人に、それとなく自作の絵を与えるのも私は見ているし、先年、軽井沢ではこういうこともあった。

その時、私どもの家に、祇園のお茶屋のおかみさんが遊びにみえていた。「松八重」のとし子さんといい、お茶屋のおかみさんには珍しいうぶな女性である。私が紹介すると、先生は、「松八重？　松八重ならわたしの親類も同然だ」と、なつかしそうにいわれた。

梅原さんの母上は、先生が幼い時に亡くなられた。後添に入ったのが、とし子さんの叔母に当たる人で、先生を実子のように可愛がったので、「ほんとうのお母さんだと思っていた。今でもそう思っている」と、まるでとし子さんがその人であるかのように感謝されるので、彼女はほとほと泣かんばかりであった。当たり前といえば当たり前のことだが、梅原さんをほんとうに優しい方だと思ったのはその時のことである。

そういう優しさは、『ルノワルの追憶』の中にもっともよく現われている。梅原さん独特の、一風変わった文章であるが、ルノアールに会いたくて、とつおいつ思案した末、マントンからついに彼の住んでいるカーニュへ行く。ニースとカンヌの間にある港町である。さて、着いてはみたものの、思い切って訪ねることはできない、「崇拝する人を突然に妨げる様な事は止さうかと私のチミジテはしばしば私語《ささや》いた」「私のチミジテはニースからカーニュに行く電車がのろくて道の遠い事を密かに喜んだが、云々」と、その後もチミジテという言葉はしばしば出て来る。日本語に直せば、内気とか臆病というのだろうが、この場合ははにかみと訳した方がふさわしい。梅原さんは超人かも知れないが、相手が何であれ、決して土足で踏みこむような野蛮人ではないのである。

それ以上に面白いのは、にも関わらず「より強きものは私のデジールであつた。私は彼（ルノワル）に見られるに値する。私は彼の芸術をあまりに愛する。彼はそれを知らねばならぬ」と豪語するところで、正に梅原さんの面目躍如といった感がする。それでも依然として「私のチミジテ」が失せたわけではなく、一時間ほど河岸をさまよった後、人にルノアールの家をたずねてみるが、誰も知っているものはいない。がっかりして、岩の上に腰をぬかしている時、「神は遂に私に郵便夫を送つた」――これは殆んど日本語とは呼べない。が、何とよく梅原さんの感情を現わしていることか。やがて郵便屋に導かれて、ルノアールの家にたどりつき、下手なフランス語で「日本からルノワル先生を見に来た」というと、女中さんが驚いて通してしまう。「私はこんな大ぎやうな事を言ふのは好かないが此の場合仕方がなかつた」という言葉にも、「私のチミジテ」と、それを乗り超えて行く情熱が感じられる。

今度私は、何べん目かにこの本を読んだが、はじめての時のようにわくわくした。一見とりつきにくい古風な翻訳調も、油絵具のようにねばねばして、先生の体質によく合っているように思った。梅原さんは、その当時（一九一〇年ごろ）と少しも変わってはいられない。

私が梅原先生を知ったのはいつごろであろうか。思い出そうとしても、初対面の印象が浮かんで来ないのは、よほど古いことに違いない。戦争中に、安井曾太郎氏と鶴川の家へお招きしたことを覚えているが、お二人ともスケッチブックをかかえておられた。が、スケッチをしたのは安井さんだけで、それも一番つまらない、平凡な景色を描かれたので、いかにも謙虚な安井先生らしいと、後で私たちは噂した。梅原さんには雑木林の武蔵野の風景など、一べつにも値しなかったであろう。先にもいったように、梅原さんは美しいものしか描かない画家である。それもたとえば富士山とか浅間山とか、大根島の牡丹のような一級品で、雑木林では駄目なのである。その点安井さんとは正反対であった。湯河原のお宅で、安井先生は、ひと月以上もかかって鯛を描いていられたことがある。勿論鯛はくさりはて、悪臭をはなち、しまいには骨ばかりになった。それで一向さし支えのないことは、でき上がった絵を見てわかったが、もし梅原さんだったら、新しいうちに描いてしまうか、もしくは毎日新しい鯛を取りよせたに違いない。どちらがいいとか、面白いとかいいたいのではない、当時は梅原・安井と並び称された人物が、それぞれの個性を頑固に貫いているのがみごとだと思うのである。

梅原さんとつき合ったのは、主に軽井沢で、はじめは矢ヶ崎に別荘を借りていられたが、やがてその近くに地所を買われた。大ざっぱに見える先生が、綿密に工夫を凝らす方であると知ったのはそのころである。住居の方は簡単で、図面は既にでき上がっていたが、画室の位置が中々きまらない。先生は広い敷地の真中に櫓《やぐら》を組み、どこから浅間山が一番美しく見えるか、研究中であった。私にも登ってみろといわれ、高い櫓の上にあがったが、そこからは落葉松の林のかなたに、浅間の全貌がくまなく望めた。いつ行ってみても、先生は、櫓の上で浅間山とにらめっこで、両足をふんばり、両手をこまぬいて、天を仰いでいる姿は私に、「国見」という儀式を思い出させた。古代の豪族たちも、きっとこういう風にして自分の崇める神山に対したであろう。

そのころ先生は、寒くなるまで軽井沢に滞在し、工事の指図をされていた。翌年行った時には、別荘も完成し、画室は櫓が立っていたあたりの二階に造られた。私はそこで先生の仕事ぶりを見ることができたし、雑談をしてすごすこともあった。私はまだそのころは若くて、絵のことなど何も知らない私に、先生は真面目に意見を問われ、自分で描いたものは、自分にはわからないものだといわれた。あれほど自信の強い梅原さんにして、なおこの言葉があるのは、私にとっては不思議でもあり、ありがたいことに思われた。

画室からの眺めは、櫓の上から見た時よりはるかに美しかった。その風景は、もしかすると、逆に梅原さんの作品から得た印象で、私はまったく同じものを見ていたのかもわからない。私たちにはかくされているもの、――たとえば浅間の山霊といったものを、画家の眼はとらえる。「絵を成すのは手ではない眼だ。自然をよくごらんなさい」といったルノアールの言葉が胸に浮かぶ。櫓を建てていた時、既に梅原さんの制作ははじまっていたに違いない。庭も、絵の構図にしたがって造られていた。葦の生えた沼地は池となり、広い芝生の真中に、後ろの山から移したもみじの大木が、太陽を一杯にあびて、葉を繁らせている。浅間山の点景に出て来るあのもみじである。いい場所に移されて、秋はさぞきれいに紅葉するかと思うと、ところがそうではない。「山の中にあった時は、みごとに紅葉していたのに、広い所へ移したら、日光が強すぎて、紅葉するはしから灼けてちぢれてしまう。樹にとって、一本立ちというのはどうもよくないらしい。思うようには行かないものだ」と、先生は不機嫌であった。

昔、青山二郎さんは、梅原さんの絵を「因業屋のビフテキ」にたとえた。いんごう屋といっても、今の人たちには通じないだろうが、無愛想な親爺が、そば屋の二階みたいな所でビフテキを出し、お醬油をぶっかけて、ごはんと喰べるのが大衆の人気を呼んだ。大正の終りか昭和のはじめごろで、早く言えば完全に日本化した西洋料理である。明治以来、あらゆる分野で日本人は、西洋文化を身につけようとしたが、因業屋のビフテキほどにも成功した例は数えるほどしかない。模倣することはやさしい。外国語を喋ることもできよう。国際的というのが現代の合言葉らしいが、日本人であることを忘れて、どこの世界で通用するというのか。生活が洋風になっただけで、人間の心まで変えてしまうことはできないのである。

梅原さんの師匠はルノアールだったかも知れないが、似ているといえば似ているし、ぜんぜん似ていないといえば、そうも思える。先生の見たルノアールは、リューマチで変型した指に、細い筆を辛うじてはさみ、「一筆一筆モデルを見て薄い絵具の薄層を布の上に重ねて居る。私は最も強く豊かな色のアルモニーは最も弱い色の最も強いコントラストによつて生れる事を発見した」――これは梅原さんの仕事ぶりとはちがう。たとえ手足は苦痛にゆがんでも、油絵の長い伝統を信じ、その中に安住して、自然との対話を楽しむ幸福な人間が目に浮かぶ。梅原さんにはそんな余裕はない。日本の油絵の伝統と歴史を、みずからの手で造り出してみせねばならぬ。時々チューブからカンヴァスに、じかに絵具をぶつけるようにして描くのも、そういうもどかしい気持ちの現われではなかろうか。見かけは磊落《らいらく》で、賑やかなことの好きな先生も、その心の奥では、孤独な仕事の重みに堪えていられるに違いない。

前に私は、絵を描く時何が一番むつかしいか、という愚問を発したことがある。先生はしばし考えた末、「立ち上るのがむつかしい」といわれた。先生の言葉を借りて言えば、先生の「強く豊かな色のアルモニーは」、薄い絵具の層の重なりから生まれるのではなくて、最初の強く単純な色彩のひと筆から、次のテーマが現われ、次第に絢爛な色の調和を造りあげて行く。ルノアールはモデルと丹念につき合ったが、梅原さんは作品の中で自問自答する。というより、色彩が画布の上で自由に語り合う。ルノアールの絵は少しも理論的とはいえないが、生まれは争えないもので、色を重ねて行くやり方は、やはりフランス人のものである。その「薄い絵具の葉層」は、無意識の伝統の厚みにたとえることもできよう。それに反して、何もないところから立ち上る梅原さんの色には、一種の「気合」とでもいいたいものが感じられ、その緊迫感が人をとらえて離さない。「天壇」をとりまく紺碧の空には、嵐をはらんだ雲が飛び交い、豹の眼を持つ女は、獲物におそいかかろうと息をひそめている。そのたびごとに私は、櫓の上で浅間とにらめっこをしていた先生を想うのだが、おそらくルノアールから相伝したのは、画法ではなくて「絵を成すものは手でない眼だ」という、その一事につきると思う。はからずもルノアールのリユーマチは、そのことを実証してみせるはめに至ったが、時に梅原さんがぶきっちよに見える絵を描くのも、持って生まれた器用さから逃れるために違いない。眼の訓練には、頭のよさも犠牲に供してはばからない。それというのも、頭がいいからできることなので、凡庸な画家ほど最新の知識や理論に頼るのは皮肉なことである。

心身ともに目玉と化した人間が、眼を患ったのだから、その苦しみはいかばかりであったろう。病院で手術をされた時、「誰にも会いたくない」といわれ、私はお見舞に行くのを遠慮した。その後もしばらく御無沙汰していたが、今でもどの程度快復されたか、ほんとのところはわからない。が、はじめの方に書いた夫人の祭壇とか、大根島の牡丹のような作品に接すると、因業屋のビフテキの味はいよいよ深まったように思われる。これは私の感じにすぎないのであるが、今までは梅原さんの特徴でもあり、魅力の一つでもあった緊張の糸がほぐれ、暖かい血がゆったりと着実に、脈打っているような印象を受ける。元からそういう要素は先生の余技の絵や、書の中に見うけられたものだが、私の記憶では岩絵具か水彩で、大きな油絵には少ないように思う。

私は梅原さんのごく初期の作品を見たことがない。若い時のことを話して下さいと頼むと、話すより見た方が早いといって、二階へ連れて行って下さった。お孫さんの家の二階である。

広いホールのような部屋には、見事なペルシャ絨毯《じゅうたん》と、印度の毛氈《もうせん》が敷きつめられ、さながら梅原さんの絵の中にいる心地がする。テーブルの上には、同じく絵でおなじみの万暦赤絵や宋の青磁が無造作に並んでいた。先生が陶器をお好きなことは前から知っていたが、こうして眺めてみると、まったく絵のモデルとしてしか見ていられないことに気がつく。美術品は正直なもので、いずれも世界で一流の陶器ではあるが、何か物足りないというか、それ自身で自足しないものがある。先生の絵に活かされて、はじめて一人前になる、魂がこもる、そんな顔をしている。どが、もしかすると、それが陶器というものの本来の在りかたなのかも知れない。どんなに立派な蒐集でも、生活の中で活かされない道具など、死物も同然で、それにつけても梅原さんの生活全体が絵画にあることを、改めて知らされる思いがした。

周囲の壁には先生の旧作が並んでいた。「これは十五歳の時の作品」と指されたのは、水彩画で、京都近郊の田園風景である。これが梅原さんかと見紛うほど穏やかな、生真面目な作品で、先生にもこんな時代があったのかと思うと、嘘のような気がする。十六歳ではじめて油絵を描かれたが、浅井忠氏の作品といわれても私は信じたであろう。人間は模倣にはじまり、模倣によって育つ。どんな天才でも、いや、天才なればこそすすんで模倣することを恐れない。色彩感覚は生まれつきの才能であるにしても、デッサンと絵画の根本を教えたのは、浅井忠でなかったか。

次にパリ留学時代の絵がつづく。一枚一枚が先生にとっては、ルノアールの憶い出につながる作品なのだろう。その中に女のモデルを描いた油絵があるが、一日梅原さんがアカデミー・ランソンで仕事をしている時、モリス・ドニがその絵を見て、だしぬけにこういった。

「カーニュでルノワールさんを尋ねた日本人は君だな」

と。ひと目でわかるものがあったに違いない。この話は『ルノワルの追憶』の中にも出て来るが、そういう記念すべき作品なのである。

しばらくは「ルノワル先生」の影響のもとに、梅原さんの半面である謙虚で、つつましやかな作品がつづくが、もうそのころには、完全に「油絵」になっており、或いはなりすぎているといっても、失礼には当たるまい。別に年代順に並べてあるわけではなく、父上の肖像画や古画の模写なども交っているのだが、いずれも未発表の作品で、物音ひとつしないこの一室には、先生の生涯の歴史と、秘められた思いが籠っているような感じがした。

梅原さんが、いつ、どこで、自分を発見したか。極めて個人的な、限られた蒐集の中から、そういう体験を感知することは不可能であった。が、一九一二年のイタリア旅行は、たしかに画期的な事件で、明るい太陽は先生の才能に火をつけ、情熱を燃え上らせたに違いない。ヴェスヴィアスは爆発した。「つつましやかな油絵」は姿を消し、血のしたたるような因業屋のビフテキが生まれる。同じころ、「ナルシス」もたびたび描かれたが、先生にとっては自然な成行きであったとしても、私には象徴的な意味合いを含んでいるように思われる。

梅原さんは生まれつき芝居が好きだった。パリに留学したのも、絵を習うかたわら、芝居を勉強する為で、一時は画家と役者と、どちらを選ぶか本気で考えたこともあるという。グレコの絵に似た自画像（一九一三年）を見ても、ほれぼれするような美男だし、今でも俳優的な要素は多分に持ち合わせていられるから、役者になりたかったのは当然のことといえよう。それほど好きだった芝居を、何故あきらめたのか（勿論絵の方に魅力があったことはいうまでもないが）、私は再び愚問を発してみた。

「わたしは芝居が未だに大好きだ。が、役者になると、大勢の人とつき合って、一緒に仕事をしなければならない。それが面倒で、一人でできるものをえらんだのだ」

と、答えは至極簡単であった。簡単ではあるが、この言葉の中には梅原さんのすべてがあるように思う。ギリシャ神話のナルシスは、水鏡にうつる自分の姿にみとれて溺死した。そして水仙の花に生まれ変わったが、日本のナルシスは、幸か不幸か、生まれついての健康児童であった。自分の姿をうつすのにも、手鏡（一九一六年のナルシス）か洗面器（一九一三年のナルシス）しか用いてはいず、したがって溺れる心配もなければ、生まれ変わる必要もない。確かに、自画像をふくむ「ナルシス」の連作には、梅原さんの闊達さは見られず、思い悩んだ表情が現われているが、それは飛躍するための屈身で、やがて別の世界に美を求めて立ち上る。逆にいえば、梅原さんは、世のありとあらゆる美しいものの中に、己が姿を投影したのであって、浅間も富士も牡丹の花も、女の裸体画さえ「ナルシス」の分身に他ならない。

その夜は、赤坂のある料亭で御馳走になり、古今東西の名優の話に華が咲いた。そして、功成り名とげた老画家が、未だに昔の夢を捨てきれずにいることを知って、私は面白かった。

「このごろはよく俳優になった夢を見る。こないだはナポレオンに扮して、いい気持ちで舞台へ出たところで、目がさめてがっかりした」

と残念そうにいわれたが、夢の中でも一流の人物に扮さなくては気が済まぬらしい。そのために芝居の世界は面倒なだけでなく、先生にとってはせますぎたであろう。再びいうが、梅原さんは一九一〇年以来、少しも変わってはいない。むしろ変わらなすぎることに私は驚いている。

——一九七九年

熊谷守一先生を訪ねて

おととし（昭和四十八年）の春、知人を介して、熊谷先生に字を書いて頂いた。何でもいい、お好きな言葉を、とお願いしたら、平仮名で「ほとけさま」と書いて下さった。今さら先生の書を云々するのも気がひけるが、それはおのずから頭が下るような無心な字で、正に日本の「ほとけさま」はこういう姿をしていると、合点させるものがあった。

私はお礼を述べに行きたくなり、知人に聞くと、まるで無欲な方だから、何かお好きなものをさし上げればいい、といわれた。そこで私は、はたと困ってしまった。半年ほど思いなやんでいたが、ある日京都で、木工の黒田辰秋氏を訪ねると、近作の欅の盆を見せて下さった。これだ、これに限ると思い、ゆずって下さいと頼むと、展覧会に出すのだから、駄目だと断わられた。で、熊谷先生にさし上げたいのだが、と重ねてお願いすると、それならいい、喜んでゆずるといわれ、お代は受けとって下さらなかった。無欲な人たちというのは、まことに始末の悪いものである。

周知のとおり、熊谷先生は、木曾の付知《つけち》の生まれである。黒田さんも、大物を造る時は、付知にこもって制作し、このお盆の材も木曾の山奥から出ている。それやこれやで私は、二人の芸術家の間に、深い御縁があるような心地がした。

東京へ帰ってすぐ、私は、熊谷先生のお宅へうかがった。木戸を入って、草木の繁った庭をすぎると、すぐ縁側である。そこで先生は、何か一心に仕事をされていた。

「パイプを作っているんですよ。大事にしてたのを、焚火の中で燃やしてしまったらしい……」

これが最初の御挨拶だった。奥様も、気のおけない方で、いつの間にか私は、お茶の間のこたつの中に座っていた。

やがてパイプが仕上がったのか、先生も部屋に入って来られた。「何でも自分で作らないと、気が済まないのですよ」と、奥様はいわれるが、大変器用な方なのらしい。写真では見馴れたお顔だが、こうして向き合ってみると、眼光鋭く、鬚あくまでも長く、鉄斎描くところの洞窟からぬけ出た人物のように見える。お家も邸というより庵室めいて、大方若い時からそのまま住んでいられるのであろう、二間にアトリエと台所という至って質素な暮しぶりである。私は画家を何人か知っているが、こんな簡単な生活をしている方は一人もいない。そのかわり家族は人間より鳥の方がたくさんいて、楽しそうにさえずる声が賑やかである。お庭もけっして広いとはいえないが、色々な木や草が繁っており、山の中にわけ入ったような気分がする。先生は自分で掘ったという池を見せて下さった。前には蟇《がま》が十何匹もいたが、まわりに家が建ったため、水がなくなり、このごろはいなくなった、と残念そうにいわれる。池のかたわらには、手製の椅子がおいてあり、そこで一日中、蟻を見ていてあきない、ともいわれた。そういえば、先生には蟻の絵やデッサンがいくつもあるが、九十歳を越えて、何にでも興味を持たれるのが、生き生きとした作品の原動力であるとともに、長寿の秘訣なのかも知れない。

私に下さった「ほとけさま」は、「すぐ書いたのだが、かけて、眺めている間に鼠に喰われてしまった。それでまた書き直したので長くかかった」と、さも面白そうに笑われた。黒田さんのお盆はお気に入ったようで、しばらく黙ったままで撫《な》ぜていられる。奥様が不思議がって、「あなた、何しているのです」と尋ねると、「どっちが上だか下だか考えているのだ」といわれた。熊谷先生は若いころの一時期、故郷へ帰って「日傭《ひよう》」という労働に従事されていた。「日傭」とは文字どおり「日やとい」のことで、山奥から材木を伐り出して、木曾川へ落とす作業をいう。川幅がせまい上、急流なので、筏《いかだ》は組めず、材木を一本ずつ谷へ落とすのだが、人間はその上に乗って操作する。したがって、非常に危険な仕事であるが、檜は素直で扱いやすいが、欅は根が重いので、下手をすると、水の中で真っ直ぐに立ってしまう。立ってしまえば、もう元へは戻らず、そのまま水中に没する。「木曾川の上流には、どれほど欅が沈んでいるかわからない」そう先生はいわれるが、お盆の上下を気になさるのも、そういう辛い体験があったからだろう。私は前に黒田さんから聞いた話を思い出した。――「檜は素直なので、仕事がしやすいが、欅は頑固でやりにくい。だから、面白いものが出来るのだ」と。生まれつきの性質というものは、どこまでもついて廻るようである。みかけは穏やかでも、極めて個性的な風格と、頑強な体躯にめぐまれた熊谷先生も、木にたとえればさしずめ欅であろう。欅の中でも「神代欅」と称して、何百年も水中に埋没している間に、みごとな木理《もくめ》と白さびの味を得た名木といえよう。

帰りがけに御夫妻は、アトリエの中を案内して下さった。アトリエとは名ばかりで、ここも木菟《みみずく》に占領されており、木工や大工道具がおいてある片隅に、画架が立っている。名前は忘れたが、その梟《ふくろう》の一種は、人間が飼うのがむつかしいそうで、「中西悟堂さんに珍しがられた」と笑っていられた。こんな家ならどんな野鳥でも住みつくに違いない。仕事は夜なさると伺ったが、「夜は黄色だけが見えない」といわれたのが印象に残った。先生の生活の大半は、動物や植物とともにあり、その作品も底ぬけに明るいが、「蠟燭」の名画で世に出た画家の仕事は、依然として暗闇の密室の中で行なわれているのだ。これは大変興味のあることで、底ぬけに明るい絵が、平板に見えないのは、そこに長い人生を生きぬいた人の、深い喜びと悲しみの裏打ちがあるからに他ならない。もっともわかりやすくて、わかりにくいのが、熊谷守一の作品であり、その人間ではないかと私は思う。

たとえ一度だけでも、そういう人物にめぐり会えたことを、私は生涯の幸福と思っていた。それから二、三年経って、はからずも「心」という雑誌から対談の依頼があり、再びお目にかかることができたのは、今年（昭和五十年）の初夏のころである。さすがに九十五歳の高齢では、少し耳が遠くなっておられたので、奥様に加わって頂き、楽しいひと時をすごすことができた。

その対談の中で、先生は昔から音楽が好きで、最近ヴァイオリンを買った話をされた。買ってはみたものの、どうしてもいい音が出ない。「できないことは、面白いですね」と、ほんとに面白そうに笑いながらいわれた。できないことの面白さ——それは私が生まれてはじめて耳にする言葉であった。とたんに今まであくせく暮らしていたことが、つまらないものに思われて来た。この御夫婦とつき合っていると、気もはればれと天外に遊ぶ心地がする。対談の中で私は、「お庭が三千世界みたいに見えます」といったのは、けっして誇張ではない。はじめてお邪魔した時からの、強烈にして不可思議な感動である。

——一九七五年

熊谷先生の憶い出——追悼

熊谷先生に、私は、二度しかお目にかかってはいない。そのうち一度は対談であったから、ほんとうに会ったといえるのは一回きりである。だから先生の追憶を書くなんてことは、おこがましいかぎりだが、ただ一度の出会いは、私にとって、生涯忘れることのできぬ事件であった。事件というと、さも大げさに聞えるが、実はその反対で、「平常心」というものの美しさに、生まれてはじめてふれる思いがしたのである。

私がお宅へうかがった時（それは三、四年前の秋のことだった）、先生は縁側で何か作っていられた。

「大事にしていたパイプをなくしてしまって、困ってるんですよ」

それが初対面の御挨拶だった。かたわらには、落葉をはいた焚火がもえており、パイプはどうやらその中で燃えてしまったらしい。「大事だ」「困る」、といいながら、先生はいかにも面白そうに笑っておられ、今はなくしたパイプより、彫ることの方に興味をもっていられるように見えた。

その姿は、先生が好んで書かれる「本来無一物」という書によく似ていた。似ているというより、そのものだった。

「人間だれでも裸で生まれてくるんだから、こんな言葉は当たり前ですよね」（『守一九十六才』）

これはその書にそえられた先生の感想だが、あとにこのような言葉がつづく。

「無尽蔵という言葉は、そんなことあるもんかと思っているんで、頼まれても書かないことにしています」

にも関わらず、先生は書いてしまう。それは棟方志功氏が、無尽蔵と無一物は同じことだといったからで、結局書かされてしまうのだが、「無一物と無尽蔵と同じだなんて、いったいどうなっているんでしょうね」と、その文章は終わっている。

それはおのずから棟方さんへの痛烈な批評となっているだけでなく、「和して同ぜず」という熊谷さんの生き方を現わしていると思う。先生は、来るものは拒まない方だったが、好き嫌いは甚だしかった。中でも「仙人」と呼ばれることは一番いやだ、面と向かって、そんなことをいう人は、胸に一物あるからだ、といわれたが、そういう人物の前では、どんなお世辞も、ごまかしも通らない。あるがままの裸の姿で接する以外にないことを私は痛感した。

先生は、動物が好きなことで知られていたが、蟻などは一日見ていても見あきない。その時は、地べたにしいた蓆《むしろ》の上に寝そべって、何時間もすごすといわれたが、相手と同じ高さになって、はじめて対等につき合えるというものか。そして、蟻の歩きかたにも一定の法則があり、六本の足を交互につかって、「このようにして歩く」と、真似をしてみせて下さった。もうその時には、先生は一匹の蟻に成り変わり、客が目の前にいることなど眼中にないようであった。あの生き生きとした蟻の絵は、こういう生活の中から生まれるのかと、私は感慨をあらたにしたが、動物の中で、犬だけは好きになれないといわれたのは意外であった。

犬好きの私は、困ったことになったと思って、理由をうかがうと、「犬は人間に忠実すぎて、見るのが辛いからだ」といわれ、虚をつかれる思いがした。だからといって、私の犬好きに変わりはないが、その時以来、犬を見る眼が変わったことは事実である。それまではペットにすぎなかったものが、今は相棒としてつき合えるようになったのは、まったく熊谷先生のお蔭だと思っている。

私は先生の追憶を書くつもりで、思わずたのしげな憶い出ばかり記してしまった。たしかに、熊谷先生を失うことは悲しい。身体の中から何か大事なものが崩れ去った感じがする。が、それ以上に、先生のような方が、この世にいて下さったという喜び、そういう方にたった一度でも出会えたことの幸福の方が、私にとっては大きい。私は今京都の宿でこれを書いているが、今日の夕焼けは美しかった。桃色の靄《もや》につつまれて、太陽が白く光りつつ沈んで行く。それは昭和四十八年に描かれた「日輪」にそっくりで、あすこに先生がいらっしゃることを、私は信じて疑わなかった。今さら御冥福を祈るなんて、白々しい言葉が吐けるはずはない。

――一九七七年

芹沢さんの蒐集

Yという骨董屋さんで、どきどきするような屏風を見た。金箔の上に青竹の衣桁《いこう》を描き、「辻が花」や「縫箔」のきものが、何枚となくかかっている。こういう構図をふつう「誰《た》が袖」と呼んでいるが、その中でもこの屏風は図抜けて美しい逸品であった。きものの文様は、花あり草あり、蔦《つた》・紅葉もあるといった工合で、桃山時代の染織の粋を集めている。そのはでな文様と色彩の間を縫って、単純な横縞とか、地味な格子が、息をぬくような調子でつないで行く。大胆と繊細、豪華と幽寂が、不思議な均衡を保ってひびき合っており、さながら美しい女性の群舞を見るようであった。

私はすぐ貰いたいと思ったが、値段を聞いてあきらめた。といっても、直ちにあきらめることができたわけではない。屏風は大きすぎて、出し入れに手間がかかるとか、四季折々の手入れが大変だとか、自分に言い聞かせるのにひまがかかった。

ひと月以上もあれこれ難点を考えていたが、その程度のことで納得が行くものではない。ついに我慢しきれなくなって、再びYさんの店へとって返し、あの屏風は頂くことにしたというと、彼はいかにも残念そうな顔をして、実はひと足違いで売れてしまったという。私はほっとした。ほっとしたものの、逃がした魚は大きい。以来、「誰が袖屏風」というと、どこまでも追っかけて見に行ったが、あれほどの名品に二度と出会うことはできなかった。

それから十年ほど経って、ある日芹沢さんのお家へうかがうと、客間の正面にその屏風が置いてあった。私は挨拶することも忘れて、屏風の前へ飛んで行ったが、してやられた、と思う半面、芹沢さんなら仕方がない、「誰が袖屏風」は、きっと染織の作家のところに行きたかったに違いない、そう思って、今度はほんとうにあきらめることができた。

骨董というものには、不思議な縁としか言いようのないものがあり、時には薄気味わるく思うことさえある。そして、ほんとうに好きな美術品は、わずか数人、多くて十人くらいの数寄者の間をめぐり歩いていることに気がつく。けっして縁もゆかりもない人の持ちものになることはない。大げさにいえば、門外不出といってもいいほどで、その少数の人々は、お互いに知らなくても、美術品を媒介に、心を許し合っている。たまたま会えばうれしいが、わざわざ会ってみる必要も感じないほど、互いに信頼しているといえようか。

芹沢さんと私のつき合いも、ややそれに近い。存じあげているのは戦前からだが、お目にかかったことは数えるほどしかない。が、美しいものを集めていられることは、時々雑誌に紹介されたり、展覧会へ出品なさるので知っていた。先生は柳宗悦氏の系統をひく、民芸作家の出ではあるけれども、その蒐集は必ずしも民芸にかぎるわけではなく、古今東西の広い範囲にわたっている。そのことは、「誰が袖屛風」を見ただけでもわかるが、主義主張にこだわらず、美しいものなら今のものでも、昔のものでも、玩具でも、一級の美術品でも、何でも構わないといったような、自由な眼の持ち主である。しかも、そこには一貫した美の規準ともいうべきものが通っている。これは口でいうのはちょっとむつかしいが、私がいいたいのは正にそのことであり、「蒐集」というものの持つ意味も、ほんとうはそういうところにあると思う。だが、先生は、「蒐集家」と呼ばれることはお嫌いに違いない。世のいわゆる蒐集家は、たとえば李朝の陶器とか、刀の鍔《つば》とか、埴輪とか、一つのものに拘泥する傾向がある。そして、大概は玉石混淆に終わっている。一つの種類にそれほど多くの名品があるわけがないからだ。そういう点で、芹沢さんの蒐集は（と、もしいわせて頂けるならば）、極めて健康で、調和がとれている。それにしても、いつ、どこで、これほど多くのものを発見されたのだろう。その中には、私の知らないものもたくさんあるに違いないし、一度見せて頂けないか、と人を介してお願いしてみた。

ところが、その人に聞くと、先生の蒐集は厖大な数にのぼり、全部出したら三日はかかる。第一、置いて見せる場所もない。とりあえず目録の写真を見て、その中から選ぶように、とのことであった。届いて来た荷物をあけてみると、写真のアルバムがダンボールにぎっしりつまっており、とても選ぶことなどできない相談と知った。いっそのこと、手ぶらで行って、見せて下さるものを見ればいい、そういう呑気な気持ちで、蒲田のお宅を訪問したのは、小春日和ののどかな午後であった。

玄関を入ると、正面に、みごとな家型埴輪があるのが、先ず目につく。飾ってあるのではなく、置いてあるのだ。障子をあけたところがすぐ客間で、古い家具と新しい椅子、民芸とそうでないものが、みな所を得てしっくりとおさまっている。先生は入って来られるなり、「またかち合いましたな」といわれ、最初私には何のことだかわからなかった。が、「例の宗達ですよ」といわれたので、思い当たった。やはりYさんが所有している屏風で、ほしくてならないのに、値段が高いので買えずにいる。あれも芹沢さんが狙っていられたのか、何故私たちはいつも同じものに目をつけるのだろう、こういう強敵を持つことは、非力な私にとっては甚だ迷惑だが、同時にうれしいことでもある。私はしばし拝見に来たことも忘れて、屏風の話に打ち興じた。

話をしながら私は、正面の壁にかかっている不思議な絵に心をひかれていた。絵だか染めものだか、遠くからではよくわからない。もしかすると、中近東あたりの織物かも知れないが、幾何学的な文様と、やわらかい朱の色が何ともいえず美しい。話がひとくぎりついた時、私はたまりかねて先生にうかがってみた。先生はそれには答えず、そばへ行ってごらんなさい、といわれる。近くによって眺めると、何とそれは仏教の曼茶羅《まんだら》であった。曼茶羅に特有な丸い文がいくつも並んでおり、中には墨で梵字が書いてある。仏様の絵はなくて、白と朱と墨だけの単純な構図であるが、信仰の対象として描かれたものが、これほど優美な絵になり得るとは、今まで思ってもみなかった。印度に生まれた曼茶羅が、日本人の手にかかると、こんなに親しみやすい柔和なものになる。はたしてそれを形が崩れたとか、時代の差だけで片づけられるものだろうか。「鎌倉ころでしょうか」「さあ、どうでしょう」と、先生は時代などにまったく関心がないようであった。

物はただ美しくありさえすればそれでいい。時代や作者を気にするのは、自分の眼に自信のない証拠かも知れない。勿論、学者は違う。学者はそれが商売だから、美などにかかずらっていては、客観性を失うと思っている。我を忘れて、物にほれこむことができないとは、何という気の毒な人たちだろう。そういえば、芹沢さんの御子息も考古学の先生である。時には父上の自由にすぎる撰択を、批判されることもあるのではないか。

「学者は面倒なものですね。類品がないと贋物だという。あの宗達の屏風だってそうですよ。ここにある弥生土器も、わたしはずい分好きなのだが、息子はいけないといっている」

と、飾棚の土器をとりあげて見せて下さる。たとえ著名な学者でも、息子でも、人のいうことなんか意に介さないといった表情で、まことにお見事という他はない。私はふと、「名人は危ふきに遊ぶ」という諺《ことわざ》を思い浮かべた。名人ならずとも、骨董の世界では、危うきに遊ぶところに、無上の楽しみがある。誰が見ても立派なもの、間違いのないものばかり集めていては、財産にはなるかも知れないが眼は育たない。だからといって、贋物でもいいというわけではないが、本物の中にもさまざまな段階があって、面白いものもあれば、つまらないものもある。そして、世間一般に名品として通用している美術品は、だいたい面白くないのがふつうである。そのすれすれのところにあるのが芹沢さんの蒐集で、たとえば「新当流剣道秘伝書」と称する絵巻物などは、店頭においてあったら誰が目をつけたかと思う。

上下は短いが、丈は非常に長い絵巻物である。はじめの方には、稚児のような前髪立ちの若者が、中振袖に袴をはき、二人一組になって、剣道の型を行なっている。奈良絵風の、素樸《そぼく》な筆法であるが、飛鳥のごとき身ごなしで、軽々と刀をさばいているのは、よほど剣道に秀でた画家か、絵心のある武士が描いたものに違いない。「遠山」「滝落」「落花」など、一つ一つの型に優雅な名前がついているのも、振袖姿の若者に似合っている。後半はもっと武骨な絵になって、鎧をつけた荒武者の実戦の場面にうつって行くが、その対照が実に面白い。絵巻の幅がせまいこと、全体の作りが奈良絵に似ていること、特に前半の稚児姿には、室町時代の男色趣味が汪溢《おういつ》しており、そのころの作品ではないかと私は推察した。

だが、依然として先生は、そういうことには無関心で、「さあ、どうでしょう」の一点ばりである。美術品の知識がないことでは、私も人後に落ちないつもりでいたが、ここまで徹底することは中々できない。物を書く人間の、止むを得ぬ弱点かも知れないが、私はあらためて先生から、物を見る方法を教えられる思いがした。知識はむろんあればあるほどいい。が、物を見る時は、すべてを忘れることが肝要なのだ、そして、自分を捨て去った時、はじめて物の方から歩みよって、その美しさの秘密を明かしてくれるのだ、と。柳さんがしきりに「ぢかに物を見る」ことを説かれたのも、そういう態度のことをいったのであろう。

「新当流」の絵巻物と一緒に、こんな珍しいものもあるといって、「四条流饗御膳」と称する冊子を見せて下さった。公家の料理法を示したもので、山水画を描いたお三方の上に、四季折々の料理が盛りつけてある。前者とは違って、念の入った細密画であるが、鳥や魚の扱い方だけではなく、お膳を飾る紙の折り方から、食器の種類に至るまで、一々こまかく指示してある。日本人は比較的食物には淡泊で、料理が発達したのは近世のことかと思っていたが、これをみるとよほど古くから工夫を凝らしたもののようである。またそうでなかったら、あれほど食器の類に心を用いることはなかったであろう。そういう意味では、貴重な文献であり、どちらかといえば、有職《ゆうそく》故実《こじつ》の部類に属するが、それとは別に、絵の美しさ、面白さは比類がない。芹沢さんの鑑賞眼が、柳先生の影響をうけているのは否めないが、自由な点では柳さんを抜いており、民芸の域を脱していることは、このような蒐集品が何よりもよく物語っている。

前に私は、『芹沢銈介　身辺のもの』という写真集で、ガラス絵のようなイコンを見ていた。その中に、青い衣を着たマリアの像があり、味がいいので覚えている。そのことをお話しすると、かたわらの引出しから出して下さった。メキシコで買われたものとかで、ガラス絵ではなくて、ブリキに描いてある。何でもないそこらのブリキ板であるが、例によって、時代も、絵具も、先生は御存知ない。メキシコではなく、フィリッピンかも知れないといわれた。が、そんなことはどうでもいいほどこの絵は美しい。赤みがかった灰色の雲の中に、あざやかな青衣のマリア様がぽっかり浮かんでいる。スカートには一面に花が散らしてあり、全体にしっとりした味に落ち着いているのは、絵具がすれた下から、ブリキの鉛色がすけて見えるためとわかった。

ブリキのイコンの中には、面白いものが他にもあった。達磨様のようなキリスト像や、神像に似たマリア様もあり、特に馬に乗った人物の向うの建物の上に、マリアの幻が現われている風景は、ルオーの作品を想わせる。いずれ聖書の物語か、土地の伝説をもとに描いたに違いないが、村の人々のひたむきな信仰が、見る人の胸に伝わって来る。メキシコかスペインへ行けば、こういうものがざらにあると思ったら大間違いである。ざらにあるかも知れないが、その中から美しいものを選んだのは、芹沢銈介氏の眼だ。一億円の陶器を買うことは、お金さえあればやさしいが、ブリキ絵を発見するのは、誰にでもできることではない。芹沢さんの蒐集の面白さは、仏教の曼荼羅と、キリスト教のイコンが、仲よく同居していることであり、高価な美術品と民芸が、まったく同等に扱われているところにある。一つ一つの蒐集品が面白いだけでなく、このバランスそのものが美しい。

そのほか日本の大津絵や漆絵、外国の人形や陶器にも、心に残るものが無数にあった。今まで述べたものだけで、芹沢さんの蒐集の特徴は大体わかって頂けたと思うが、残念ながら私が拝見したものは、たとえ撮影したところで、そのこまやかな色彩と、うぶな味わいは、カラーに印刷することは不可能であろう。聞くところによれば、芹沢さんは、こうしたものを撮影する際、その場にも立ち会われ、丹念にひまをかけて指導されるという。染織の作家として当たり前のことかも知れないが、そういうところにも先生の、物に対するかぎりない愛情と、綿密な心遣いが現われていると思う。

おいとまする前に私は、今、先生は何が一番なさりたいか、うかがってみた。

「赤絵です」

と、言下に答えられた。年をとると、染めものの型を彫るのは辛いから、そちらの方は若いお弟子さんたちにまかせて、陶器に絵付けがしてみたい。既に朝鮮の白生地も買ってあり、庭に窯も築くつもりだ、と目を輝かしていわれた。

「その時は、ぜひ一つ下さい」「約束します」といって別れたが、染織作家の余技として、もしかすると、染めもの以上に美しい陶器ができるのではあるまいか。きっとできるに違いないと、私は信じて楽しみにしている。

——一九七八年

バーナード・リーチの芸術

バーナード・リーチさんとはかけちがって、一度もお目にかかったことはなかった。が、方々の展覧会などで、お顔はよく見知っており、長身の背をかがめ、太い眉の眼鏡ごしに、優しいけれども鋭い眼をかがやかして、熱心にものを見ていた姿が印象に残っている。どこにいても、どんな人込みの中でも、目に立つおじさんだった。遠くから眺めているだけで、清々しい人物であったから、わざわざ紹介して貰う必要を感じなかったのかも知れない。彼の作品にも、そういう人柄は現われていて、李朝の陶器のように爽やかで、しかも力強い。亡くなられてすぐ、民芸館で、リーチさんの展覧会が行なわれたが、それと呼応するように、『バーナード・リーチの芸術』（The Art of Bernard Leach）と称する豪華本が、故郷の英国から出版されたのは、私どもにとっては喜ばしいことである。

この作品集は、リーチ九十歳の誕生日を記念して、一九七七年のはじめに、ヴィクトリア&アルバート・ミュージアムで催された展覧会に出品されたものが主で、日本に所蔵されている作品はのぞいてある。序文によると、はじめ開催者の側は、浜田庄司氏の著書が、"Hamada-Potter"と呼ばれたように、"Leach-Potter"と名づけたかったが、リーチは陶器ばかりではなく、絵画や文学にも造詣が深かったので、それらを総括して"The Art of Bernard Leach"と改めたと断わってある。その言葉どおり、この本の中には、リーチの絵や文章のほかに、柳宗悦、浜田庄司等のリーチに関する記事の抜萃も、英語に翻訳してのせてあり、私の知らないことばかりなので面白かった。

それによると、彼は晩年セント・アイヴスに住み、そこは海岸で、満潮の時は波が窓の下までひたひたと寄せていた。家は西向きだったので、夕焼けが美しい。空には水鳥が飛び交い、背後には豊かな緑の平野がひらけている。居間の壁には彼が愛したゴッホの絵がかかっており、その前でブレークを暗誦し、禅を語って、あきることがなかった。彼は極めて自由で、寛容な精神の持ち主であったから、セント・アイヴスをおとずれる人々には快く面会し、自分の意見を述べたり、適切な注意を与えたりした。同時に、リーチにとってはもっとも貴重な夢——東と西の世界を結ぶ理想のために、残り少ない時間を惜しむことも忘れなかった。

一九七三年ごろから、彼は目が見えなくなり、陶器を造ることも、絵を描くこともできなくなったため、主に談話を筆記させていたが、美しいものに対する情熱は少しもおとろえることがなかった。彼の作品と思想を、一番理解していたのは、もしかすると、日本人であったかも知れないが、リーチほど世界中の人々に愛された芸術家はいない。「陶器を見れば人間がわかる」と、彼がいっていたのは真実で、リーチの個展は、方々の国々で、たぶん百回以上もひらかれたであろう。陶芸を愛し、自然を愛し、人間を愛し、多くの人々を助けたリーチは、まこと幸福な作家であった。九十歳の老人が、セント・アイヴスに座ったままでいても、我々に希望と光を与える存在であることに変わりはないと、序文の筆者は敬愛の念をこめて記している。

この本が出版されたのは去年（一九七八年）のことで、未だリーチさんは健在であったが、親友の浜田庄司氏の後を追うように他界されたのは、今年（一九七九年）の春のことである。そして亡くなってみると、今さらのように、彼の遺した功績の偉大さが偲《しの》ばれる。

偉大といっても、それは大作を遺したとか、絶妙な技術を発揮したとかいう意味ではない。彼の作品に接したことのある人は、誰でも知っているように、そこには極めて単純明快なものしか見当たらない。むしろ、人目を驚かすような創作や、複雑な技法は避けたように思われる。彼は口癖のように、"The Pot is the Man" といっていたそうで、どの作品にも、大地にしっかり根を下したたくましさとともに、柔軟性にみちた優しさがあり、人に媚びるようなものも、こけおどかしもない。そういうものが“Man”であり、陶器の特徴と信じていたのであろう。

先にもいったように、この作品集には、珍しいものばかりのっているが、東洋の陶磁器だけでなく、南米やエジプトの土器にまで及んでいるのは驚くべき探求心である。しかもそれらが単なる模倣ではなく、完全に自分のものになっている。たとえば黄色や茶褐色の大皿に、松の文様を描いた陶器などは、あきらかに日本の漆絵を模したもので、ちょっと見には漆の盆としか思えないが、英国のスリップ・ウェアの上に、日本の絵を描いて、しっくりおさまっているのは、正に「東と西の国を結ぶ」リーチの夢に叶った作品といえよう。その松の文様も、けっしてうわべだけの模倣ではなく、彼自身の絵になっているのも、日本の美術品に対する理解が深かったことを示している。

そういう例はあげれば切りがない。リーチがあまり好まなかったと思われる清朝の磁器に至るまで、みごとに換骨奪胎しており、時にはお手本になった原型より、はるかに美しいと思われるものも少なくない。が、何といっても、英国の伝統的なピッチャーとか、紅茶茶碗の類には、いくら陶芸の発達した日本人でも遠く及ばないものがある。写真で見ただけでも、どんなに使いよいか、持った時の手ざわりまで伝わって来るような心地がする。それについて、リーチは次のように述べている。一九七六年に出版された"The Potter's Challenge"という本からの抜萃で、そこには年老いた陶芸家の静かな楽しみと、美しいものへの限りなき愛情が語られている。

「壺の類を造る場合、わたしにとって一番の楽しみは、よい陶土を使って、手（ハンドル）をつけることだ。別につけるのではなくて、胎土をひっぱって造るのだが、それができたところで、少ししっかりした土のかたまりをこね、なめらかに保つように、終始手を水でぬらしておく。そのかたまりを取って、内側から親指で押しつけながら、手の平で外側の部分を、ちょうど牛の乳をしぼる時のような工合に、ゆっくりとていねいに形づくって行く。そこには造る喜びと、使う楽しみと、友達に喜んで貰う楽しみが共存している。その中でもっとも大きな喜びは、ハンドルをひっぱってつけるという伝統をもたぬ日本の陶芸家に、それについてはいささか自信のあるわたしが、教えてあげることができたことである。……」と。

あまり専門的な技術は、わかりにくいので、ここには省略して書いたが、「牛の乳をしぼる時のように」という表現は、いかにも英国人らしくて面白い。要するにピッチャーは、空の時でも、水が入っている場合でも、気持ちよく握れることが大切で、ひとえにそれはバランスにかかっている。そのバランスを支えているのは、ハンドルと、そのライン（線）で、「ぶなの木から枝が生えているように」自然にのびていなければならない。人間の腕に骨があるように、陶器のカーヴにも骨があって、ひ弱な線は構造上からみても、陶器の性質からいっても、けっして美しくはないという。

リーチの作品はおおらかで、柔らかいけれども、どれ一つをとってみても、彼のいう「骨」が通っており、作者自身が筋金入りのジェントルマンであったことを語っている。彼は工房にいる弟子たちに、一つの作品を、たくさん造ることをすすめた。たくさん造っている間に、自我を忘れ、手が自然に働いて、裸のままの精神の形が現われるからである。我々には常に二つの面がある。表向きには、ポーズとか立場にかかずらって、いつも何を教えられたか、何をなすべきか、考えているが、ほんとうの（内なる）人間は、自然に共感し、自らの仕事の中に溌剌とした生命を求める。それが現代の若い作家には欠けている。彼等は「芸術家」になることばかり熱心で、仕事の中に命を見出すことを忘れていると、彼はきびしく批判する。

日本においては、美と謙虚は常に同居していた。最高の職人は、自分をひけらかしたりはしないし、特に変わった形や色彩を発明して、「芸術家」になろうとも思ってはいない。くり返しの仕事というものは、たとえばおいしいパンを焼くのと同じことであり、同じ作品をたくさん造るというのは、けっして退屈なくり返しではない。世の中に、まったく同じものは二つとない。あるはずはないのである。そこに無上の楽しみが秘められていることを、リーチはくり返し説いているのだが、はたして日本の陶工は、今日でも彼がいうように「謙虚」であろうか。仕事の中に生き生きとした喜びを見出しているだろうか。

——一九七九年

牟田洞人の生活と人間

こうして机に向かって、あらためて考えてみると、荒川豊蔵氏の経歴について、私は少しも知らないことに気がつく。いつお生まれになったか、どこで修業をされたか、作品についてさえおぼろげな知識しかない。記憶にあるのは、たびたびお宅へうかがって、心のこもったもてなしを受けたことと、毎年のようにお花見にさそって下さることで、私に関するかぎり、えらい先生でもなければ、陶芸家ですらない。仕事のことは殆んど話されないし、仕事場を見たこともないのだから、ただの友人、それも気のおけない飲み友達というべきだろう。だが、人間を知る上に、その人の生い立ちとか、年齢の差などは、枝葉のことではないだろうか。むしろそういったものをぬきにしてつき合えるところに、荒川さんの器の大きさと、人間的な暖かみがあるといえよう。

多治見の町から北へ向かって行くと、やがて久々利《くくり》の村へ入る。そこから山あいの道を東へ行ったところに、大萱《おおがや》の里があり、「牟田洞《むたどう》」と記した石標のわきで車を降り、清冽な流れにそって登って行くと、右手の岡の上に茅葺きの田舎家が見えて来る。ここが荒川さんのお住居、というよりかくれ家で、お嬢さんと二人で静かな生活をたのしんでいられる。未だに電話もひいてないのは、隠者めいていて面白いが、昔はここまで辿りつくのも容易ではなかった。たしかはじめて伺った時は、多治見から二時間近くかかったことを思い出す。が、最近は道も舗装され、のどかな美濃の山里にも、開発の波が徐々におしよせて来たように見える。

「牟田洞」は、桃山時代からある志野の古窯の一つで、正しくはムタガホラと訓《よ》む。この辺は山がせまっているので、しぜん谷も多いが、そういう風にえぐれた場所のことを、土地ではホラと呼んでいる。関東でいう谷戸《やと》とか谷《やつ》と同じような意味で、そういう地形と、いい土のあることが、陶器の窯を造るのに適していたに違いない。荒川さんがここを本拠と定めたのも、有名な筍の志野茶碗のかけらを発見されたからだと聞いている。

それは昭和初年のことであった。当時は、志野も織部も瀬戸の一種だと思われていたが、ある日名古屋の関戸家で、筍の絵を描いた茶碗を見、その土が瀬戸とはちがっていることに気がついた。もしかすると、美濃ではないか。直感的にそう思った荒川さんは、直ちに土地の人々をたずね、大平《おおひら》から大萱のあたりの窯跡をさがした。そして、まったく偶然に、牟田洞で、同じ筍の絵の陶片を発見されたのであった。

人とものとの出会いは、実に不思議というほかはない。荒川さんの想いが天へ通じたのか、捨てられた破片が、何百年もの間、落葉に埋もれて、ひそかに人を待っていたというべきか、それは関戸家で茶碗を見て、わずか二日後のことであったという。

「一日中、山を歩いて疲れ果てて帰ろうとした時、土の中にふと白いものを掘り当てたのです。峠の上にのぼって、月明りに照らしてみると、それは志野の破片でした。しかもあの筍の絵が描いてあったので、私は狐につままれたような気がしました」

と、荒川さんはなつかしそうに回想される。それはお家から小川をへだてて向い側の、岡の中腹で、入口にはお誂《あつら》いむきに竹藪もある。ただしこの竹は、茶碗にちなんで後に植えられたもので、今は立派な竹林に育っている。かつてはこのあたりに登り窯が築かれていたのであろう、はじめて私が行ったころは、志野の破片が散乱し、自然釉のかかったサヤや「馬の爪」（陶器を焼く時のせる台）などを拾ったものである。記念すべき筍の絵の破片は、座敷の戸棚の中に大切に保存され、とり出して見るたびに、何ともいえずうれしそうな顔をされる。まことにそれは不思議なめぐり合いであっただけでなく、日本の陶芸界にとっても、画期的な事件であった。その発見を機に、大平、五斗蒔《ごとまき》、久尻《くじり》、妻木《つまぎ》、笠原《かさはら》その他、多くの美濃古窯が発掘され、現代の志野・織部のブームの元をつくった。このささやかな一片のかけらがなかったら、未だに私たちは、瀬戸の一種と信じていたかも知れない。そう思う時、誰しも深い感銘をうけずにはいられまい。

まして発見した当人にとっては、生涯忘れることのできぬ憶い出であろう。牟田洞に居を構えたのには、そういう浅からぬ因縁があった。関戸家の茶碗を見た瞬間、荒川さんの一生は定まったといえる。更にいえば、その茶碗が美しかったから、荒川さんをとらえたので、牟田洞は志野の中でも最高の名品を生んでいる。よく知られているものでは、「卯《う》の花墻《はながき》」の茶碗、「古岸」と名づける水指などで、土がこまやかで、手ざわりがふっくらと柔らかいのが特徴である。私事にわたって恐縮だが、私もそこで造られたとおぼしき輪花のぐいのみ（生まれは向付）を愛蔵しており、今それをかたわらに置いて書いているのだが、ほんのり紅をふくんだ肌に、薄霞のような釉がかかり、眺めていると大萱のあたりの風景が彷彿《ほうふつ》とされる。そして、荒川さんの田舎家で、暖かいもてなしをうけたこと、その時飲んだ酒の香りまで、ほのぼのとただようような心地がする。

あれはいつごろのことであったか、名古屋で北大路魯山人の展覧会があり、帰りに荒川さんにさそわれて、大萱の家へうかがった。今は亡き小山冨士夫氏のほか、二、三の方々が同道した。その時面白いおじいさんがいて、私に「名古屋の鶏はおいしいか」と聞かれた。「おいしい」と答えると、ひどく馬鹿にした調子で、「あんな暗闇で育てたぶよぶよした鶏がうまいはずはない。太陽にあてて、小石を踏ませた鶏でなくては本物ではない。わたしのところの鶏をたべてごらんなさい」といって、持たせて下さった。その老人は一見百姓風の人で、野良着のままで会場に現われたが、後で聞くと名古屋の素封家で、美術品の大蒐集家であるという。

荒川さんの交際範囲は広く、あらゆる種類の人間が集まって来る。大分後のことだが、脱獄十八回に及ぶという剛の者にも紹介された。殺人以外のあらゆる罪を犯したという人間で、今は懺悔の生活を送っている。荒川先生に会えたことは幸福だと、彼は語ったが、そういう奇人・変人とも心おきなくつき合えるのは、氏の人徳の至すところであろう。

さて、話を元に戻して、その夜は大萱の家のいろり端で、鶏鍋の御馳走になったが、あんなおいしい鶏は、あとにも先にも喰べたことはない。大萱へ行ったのはその時がはじめてで、食べものについて荒川さんが、極めてうるさいかたであることを知った。うるさいといっても、美食家とか、食通というのではなくて、自然のままの味わいを楽しむかたなのである。以来、おいしいものがあると、教えて下さるようになったが、このことは美術品の鑑賞とも大いに関係がある。食べものの味に鈍感な人に、焼きものの味がわかるはずはない。お酒が呑めぬ人に、酒器がわからないのと一般である。荒川さんの作品は、そういう日常の暮しの中から生まれた。したがって、その源泉がどこにあるということは一概にはいえぬ。しいてあげるなら、古い美濃の国の歴史と風土、焼きものの伝統とつき合いの中から、自然に育まれたとしかいいようがない。荒川さんほど自分の生まれた土地を愛し、しかも完全にその中にとけこんでいる人を私は知らない。私のように故郷を持たぬものには、羨ましくみえてならないが、また氏の作品に人が魅力をおぼえるのも、そういう豊かな人間性にあるのではないか。

そのような人物を語るのはむつかしい。作品はいわば日常生活の結果に他ならず、極端なことをいえば、荒川さんのたのしむことの一部でしかない。別の言葉でいえば、芸術至上主義者ではなく、人生をたのしむことを知っている生活人なのだ。「造ろうとせずに、無意識にできたものが美しい」といわれるのは、自然の前にいかに人間が小さな存在であるか、身にしみていられるからだろう。いい古された言葉だが、つき合っていると私は、「一期一会」という詞《ことば》を思い出す。何も大げさなことではない、それはたとえば一生に一度見るか見られない花の便りであったり、いろり端で手ずから焼いて下さる田楽《でんがく》の味だったりするが、淡々とした仕草の中に心がこもっており、一つ一つの場面がたのしい憶い出としてよみがえるのである。

水上勉や宇野千代の小説で有名になった根尾の「薄墨桜《うすずみ》」を、最初に教えて下さったのも荒川さんであった。美濃の奥に千数百年を経た桜がある。継体天皇のお手植えと伝えられ、死に瀕していたのを、知人の漢方医が、まわりに若木を何十本も植え、根つぎをすることによって命を復活させた。「これ、こんな風に……」と、言葉ではもどかしいのか、硯《すずり》をとりよせて、念入りに絵を描いて説明し、花の咲くころ見に行かないか、とさそって下さった。そういうことになると、人一倍熱心で、山奥のことだから、花は四月ごろに咲く。今、スパイを放って、御機嫌をみているので、ちょうどいい時に知らせる。名古屋まで迎えに出るから、ぜひ来るようにとすすめられた。

私もそういうことは大好きなたちだから、知らせが来るのを心待ちにしていたが、四月の十日ごろだったか、突然電話がかかって来た。今年は暖かいので早く咲いた、明日朝来るようにとの知らせである。私は万障繰り合わせて、翌朝名古屋へむけて旅立った。約束どおり、荒川さんは駅で待っていて下さり、車で根尾へ向かったが、それからが大変であった。岐阜県内のことだから、よく御承知だと思っていたのに、まったく方向オンチなのである。何度木曾川を渡り、長良川を越えたことか。真っ直ぐ行けば二時間くらいで行けるところを、一日がかりで辿りついた時にはへとへとに疲れていた。

　さすが名に負う「薄墨桜」は、みごとな大木で、幽艶な花をつけており、わざわざ見に来たかいはあったが、以後、荒川さんの道案内は信用しないことにした。が、先生にとって、そんなことはどうでもいいに違いない。ただ美しい桜がどこかにあり、それを見てたのしめば事は足りるのだ。時間の観念も我々とはちがって、それによっていささかも束縛されることはない。だからどこかへ旅行しても、気に入ればひと月でもふた月でも滞在される。時には行方不明になって、お弟子さんに聞くと「またどこかで沈没してるんでしょう」と、一向に動じない。そういう人の一挙一動を見ていると、仕事にあくせく追われるのが、どんなに貧しくさもしいことか、反省せずにはいられない。荒川さんの生いたちは、そう仕合せというわけではなく、ずい分辛い目にも会われたであろうに、そういう心境に至ったのはお見事という他はない。特に現代のような忙しい時代に、世間の波にさらわれず、自分のペースを守って生活していられるのは、ある意味では頑固一徹な、意志の強い人間ではないかと思っている。

「薄墨桜」を見た翌年か、翌々年かに、また荒川さんからみごとな桜の大木の絵入りの手紙が来た。飛驒一の宮にあり、「臥龍《がりゅう》の桜」という。根元に小さな祠《ほこら》が建ち、太い幹の空洞から、一の宮が拝めることが気に入ったらしく、克明な説明書きがそえてある。この桜が「臥龍」と呼ばれるのは、龍のように地をはった枝から根を生じ、そこから一本の若木の桜が生えているからで、その驚くべき生命力に感動されたのであろう。「此の部分已《すで》に枯れて腐る」「此処から更に根を生ず」「樹齢千年とも云われて居るも定かならず、兎角《とにかく》根尾薄墨桜に次ぐ名木と見ました、云々」と、ことこまかに記されている。

そういうものを教えて下さる時でも、人からの又聞きではなく、自分の眼で見てたしかめて下さるから、絶対に間違いはない。絵の話が出たついでに書いておくと、荒川さんは写生することが好きで、いつもスケッチブックをたずさえていられるが、広汎な趣味と好奇心が、作品の上に活《い》かされる場合は少なくないと思う。

私が飛驒へ行ったのは、それから間もなくのことであった。ちょうどそのころ、私は、「かくれ里」という連載を書いており、美濃から飛驒へかけて取材したいと思っていた。そのことをお話しすると、向うの方が乗り気になり、大萱のお家へ泊めて頂いたばかりか、その周辺を自ら案内し、はるばる飛驒までついて行って下さった。くわしいことは本の中に記したので、ここでは省きたいが、景行天皇の「泳宮《くくりのみや》」の行在所《あんざいしょ》、美濃の豪族、八坂入彦の墓、銅鐸《どうたく》が出土した遺跡から古代の窯跡、はては石器時代の洞窟まで、一日がかりで見て廻った。今はささやかな山村にすぎぬ久々利の里が、有史以前から開けていたこと、独特の文化が培われていたことに私は驚嘆するとともに、志野や織部がこの地域に、忽然《こつぜん》と発生したものではないことを知った。

それ以上に印象に残ったのは、荒川さんが時々車を止めて、木の芽やわらびを摘んでいられる姿であった。何のためかと思ったら、夜のおかずにそれらの山菜が出たのである。お嬢さんの手料理で、先生はいろり端でお燗《かん》をしながら、お豆腐を焼いて下さる。山里のこととて、これだけしかないといわれたが、私にはどんな御馳走よりもうれしく、有りがたく頂戴した。ほんとうの茶人とは、こういう人をいうのであろう。茶道は堕落しても、その伝統は別のところで生きている。茶室でお手前を見せるだけが、茶人ではないと私は思った。

その夜はお宅に泊めて頂いたが、ほととぎすの声に目ざめた朝の景色も忘れられない。夜明けの霧がただよう中を、小川へ降りて顔を洗う。何より傑作なのはお風呂場で、川をへだてた向う岸に建っており、今でも薪で焚いていられる。その灰は陶器の制作に用いるので、いわば必要品でもあるわけだが、ガスや石油では水が硬くなるといって、お嫌いなのである。そういう点では、荒川さんは贅沢だ。わがまま者でもある。そこのところをよく理解して、一家を取りしきっているのがお嬢さんで、お名前を利子《としこ》さんという。よくは知らないが、結婚したばかりで御主人が戦死され、そんな不幸な境遇にも関わらず、至って朗らかで、お父様に似て円満な人相をしていられる。とりたてて美人というのではないが、北陸から美濃・近江へかけて見られる女神像とか、女面の系統で、お顔を見ているだけで和やかな気分になる。関東では絶対に見られぬ日本女性の典型というべきか。「中々どうして、気が強くて……」と、お父様はいわれるが、気が強くなくては、こんな山里で留守を守ることは難いであろうし、多くの来客をもてなすこともできないに違いない。私が日本女性の典型といったのは顔だけのことではない。木綿絣《がすり》がよく似合い、料理が上手で、いつも笑顔を失わず、いそいそと立ち働く姿をこの上もなく美しいと思ったからである。ごはんが済んだ後では、一緒に合流してお酒を呑まれるが、中々の酒豪であるのも頼もしい。

　雑木林にかこまれた住居といい、簡素な暮しぶりといい、けっして豪華ではないが豊かな趣味にあふれている。床の間には、山で摘んだ野草が活けてあり、宗達の絵や、光悦の書がかけてある。荒川さんは美術品の蒐集家ではないが、時々珍しいものを掘り出して私たちを羨ましがらせる。筍の茶碗のかけらを見つけたのと同じ眼が、骨董の上にも働くのであろう。そういう点では、加藤唐九郎とは正反対の人物である。最近私は仕事の上で、唐九郎さんともつき合うことが多いが、生活に関して彼ほど無頓着な作家はいない。未だにかまぼこ型の兵舎に住んで平然としており、仕事場も、陶器の工房というより、工場みたいに殺風景である。荒川さんの口が重いのに反して、弁舌はさわやかで、頭の回転が早く、話も面白すぎるほど面白いが、すべて作品に関することばかりで、正に「仕事の鬼」とは唐九郎のような人物をいうのだと思う。どちらがいいとか、正しいとは一概にいえないが、「仕事の鬼」の方がはっきりしていて、世間に通用しやすいだろう。一方、荒川さんは茫漠《ぼうばく》として、つかみどころがなく、何を考えていられるのかわからない。一般の評判とはちがって、私には、「野人」を自称する唐九郎の方が、ある意味でははるかに無邪気で、単純な人間であるように思われる。

荒川さんが書きにくいといったのは、そういう意味でだが、書く以上はそういって済ますわけにも行くまい。このたびは「遊び」ではなく、仕事のために取材に行ったが、結局は、木乃伊《ミイラ》取りが木乃伊になって帰って来た。

それは小春日和の昼下りであった。このごろはハイウェイができたので、名古屋から土岐市へ、逆に大萱の里へ入る。さすがに町をはずれると、昔ながらの静かな山村で、雑木林のところどころに、残《のこ》んの紅葉が色香をそえている。牟田洞へつくと、例によって、荒川さんがモンペ姿で出迎えて下さる。お家のまわりには野菊が咲き乱れ、床の間の信楽《しがらき》の壺にも秋草が活けてあった。私が行く時は、いつも好きな道具が出ているが、今日は味のいい根来《ねごろ》の盆が置いてある。かたわらで利子さんがお茶をたてて下さるが、その茶碗がまた稀にみる美しい織部であった。

ありさまを見ると、「よびつぎ」というのであろうか、薄手の織部を七つ八つはぎ合わせたもので、花あり、横段あり、立縞もあるという工合に、面白い趣向が凝《こ》らしてある。正しくこれは焼きものの「辻が花」である。時代も「辻が花」と同じころ（桃山期）のもので、こわれた破片を丹念にはぎ合わせてあるのだが、作った人は小袖の文様を胸に浮かべてついだのであろう。もとより破片をよせ集めたものだから、一流の名品でも、高価な茶碗でもない。が、胸のすくような逸品である。「よびつぎ」とはよくも名づけた、そう私は思ったが、まことにそれは互いに友を求めつつ、めぐり合ったという風な姿をしており、口当たりも、重さも、申し分がない。「昔はこの辺の窯跡でいくらでも陶片がみつかった」と、荒川さんはいわれるが、色といい、厚さといい、これだけ似合ったものを揃えるには、長い年月がかかったに相違ない。いわば不完全なものがより合って、完璧な一つの世界を造りあげている、見た目の美しさもさることながら、私はむしろそのことに感動した。

まだ日は高いのに、酒盛りがはじまり、岩茸《いわたけ》が出る。岩茸は美濃の名産で、険しい岩山でとれる。自分は登れないけれども、人に頼んでとって来て貰ったといわれた。掘りたてのお芋に、とりたての茸、それにおいしい地酒と、みごとな道具、これだけ揃えばもはや何もいうことはない。取材に来たことも忘れはてて、私は荒川家の雰囲気に酔った。夕方になると、名古屋や飛騨から色々な人が集まって来る。

近在の窯から若い陶芸家たちもやって来た。彼等にとって、荒川家は一種のサロンなのだろう。その中には、県庁の役人も、百貨店の番頭さんも、新聞記者も、作家も交っており、それぞれ専門の違う人々が、和気あいあいととけ合っている姿に、私は昔話に聞く同朋衆《どうぼうしゅう》の集まりを想った。新しい日本の文化は、もしかすると、忙しい都会からではなく、こういうつき合いの中にかもされて行くのかも知れない。作品の構想も、骨董の掘出し物も、荒川家のサロンから生まれるのではないか。そういえば、どこかの山奥で、新しい桜を発見したと誰かがいっていた。私の取材は失敗に終わったが、お花見のたのしみはまた一つふえた。春も近い。そのうち牟田洞人から挿絵入りの手紙が届くことだろう。

——一九七六年

角川源義さんの憶い出

角川さんとは長いつき合いだったが、源義という名前を何と呼ぶのか未だに私は知らない。私たちの間では、ゲンヨシさんで通っていた。もしかすると、それが正しい呼び方なのかも知れないが、彼が大好きだった源義経に似ているようでもあり、ゲンがいい、元気がいい、ということにも通じて、大変似合った名前のように思っていた。

その元気のいいゲンヨシさんが、亡くなったことを知ったのは、半月以上も経った後であった。そのころ私は取材旅行に出ており、新聞など一つも読まなかったからである。帰京した後、人から聞いてびっくりした。あの元気のいい人が、まだ若いのに、と惜しまれた。遺族の方々は存じあげないので、お悔みにも上れないでいるが、さまざまの憶い出がよみがえって、何ともいえず悲しい思いに沈んでいる。

社内では、「角川天皇」という綽名があるという話も聞いたが、私たちの前では、いばったところなど一つもなく、いつもにこにこして親切な方だった。一番印象に残っているのは、たしか戦争直後のことであったか、ゲンヨシさんが謡を習いはじめ、私がしばしばお相手を仰せつかった。先生は、脇宝生の松本謙三さんである。まだ安倍能成氏が健在のころで、野上弥生子さんも御一緒した。最初は隅田川か、道成寺だったか、とにかくワキが活躍する曲で、シテは私がつとめることになった。会の前に、毎日電話がかかって、念を押されたのは、よほど楽しみだったのであろう。隅田川にも、道成寺にも、長いワキの「語り」があり、この場合にかぎり、ほんとうのシテはゲンヨシさんである。

さて、はじまってみると、度胆をぬかれた。彼はありったけの声と力をふりしぼって、どなるのである。節も間《ま》もあったものではない。両手で袴を握りしめて、どなるたびに家鳴り震動する。そこまではよかったが、やがて「語り」の場面になると、ここぞとばかり思いをこめて、ねっちりとねじ上げるように謡う。全身に力を入れるので、どんどん前へ飛び出して行き、私は後の方に残されてしまった。はじめのうちは我慢していたが、地謡の若い人がたまりかねて、ぷっと吹き出したとたん、私も笑ってしまった。えらいと思ったのは、その時ゲンヨシ少しも騒がず、最後まで同じ調子で謡いつづけたことである。もっともあまりに一所懸命で、他人のことなど眼中になかったのかも知れない。

精神として、それはまことに立派なものであった。三、四回おつき合いした後、謡の会は開かなくなったが、きっと上達されたのであろう。私がつられて笑ったのは、心ないしわざであったが、あの一途な正直さと、純真さは忘れられない。今となっては、おかしいだけに、いっそう悲しい憶い出として残っている。

ゲンヨシさんというと、どういうわけか、同じようなことしか思い出せない。ある時、鎌倉の小林秀雄さんの所で一緒になり、夜中まで飲んで、家まで送って下さったことがある。大雨が降っていた。はじめのうちは、一人で謡をうたっていたが、何を思ったのか、突然、夏目漱石の話になった。彼はくり返し同じことをいい、しきりに興奮していたが、感極まって泣き出してしまった。今とはちがって道が悪く、車がぬかるみで飛び上るたびに、彼も飛び上って号泣する。私は酔っぱらいには馴れているので、さして困りはしなかったが、何でそんなに感動しているのか、さっぱりわからない。そのころ彼は漱石について論文を書いており、それで心が一杯になっていたのだと思う。が、それだけではあるまい。あの謡い方といい、この昂奮ぶりといい、彼には何か人にはいえぬ想いがあり、機会あるごとに吐き出したかったのではないか。それが仕事のことか、家庭のことか、私は知らない。が、時たま見せたぶきっちょな姿の中に、ゲンヨシさんという人間が生きていたのだと、今にして私は思う。そういえば、あの特徴のある濁《だ》み声にも、せかせかした口調にも、どこか悲しいひびきがあった。

近ごろは世間が忙しくなったので、以前のようにつき合うこともなくなったが、文学博士になった時、「おめでとう」というと、とても羞しそうな顔をされた。「からかわないで下さいよ」ともいった。私にはそんな気持ちは少しもなかったが、彼はそういうはにかみ屋でもあった。

最後に顔を見たのはテレビで、歴史か何かの番組だった。しかつめらしい司会者の大学教授に、「角川先生」と呼ばれて、堂々と講義をしていた。そこにはもう昔の面影はなく、われらのゲンヨシさんも、偉くなったものだと感心したが、うかつなことに私は、彼が大学で教えていたことを、その時まで知らなかったのである。だが、角川先生は、いつまで経っても、われらの愛すべきゲンヨシさんである。そういうしかとした映像を残して、彼は去って行った。それは悲しいことには違いないが、わざわざ冥福を祈るまでもない。極楽行きは、生前から約束されていた。こんなことを書いていると、「からかわないで下さいよ」というあの人の声が、空のかなたから聞えて来るような気がしてならない。

——一九七六年

北小路功光『説庵歌冊』

北小路功光《いさみつ》さんは、公家の出身で、私の遠縁に当たり、兄とは学習院で同級生であった。子供のころは親しくつき合っていたが、戦後はしばらく疎遠になり、最近宇治へ引っ越してから、また旧交を復活している。「白樺」の方たちと親しく、文学には造詣の深い教養人である。したがって、一部ではよく知られているが、至って謙虚な人物であるため、友達とはつき合っても、あまり人中へ出ることを好まない。宇治川のほとり、平等院の森を見はるかす閑居で、奥さんと二人、静かな生活をいとなんでいられる。

今までに著書は何冊かあるが、歌はたのしみのために詠んでいるので、歌人と呼ばれることも、歌集を売ることも嫌い、すべて自費で出版されている。このたびの歌集は、「説庵歌冊」という題で、五色の美しい日本紙に、文字もゆったりと組み、隅々まで心の通ったみごとな造本である。売文を快しとしないのは、公家の自尊心かも知れないが、このように美しい歌集を、時間をかけて造ることができる人を、私は羨ましいと思う。

子供の時からのよしみで、私に序文を書くことを依頼されたが、そこにひいたいくつかの歌から、北小路功光というかくれた文人の心を、読者がよみとって下さればば幸いである。

序

つまづきて　ふり返る道に何もなし
わが来しあとを　うす日さしをり

冒頭にあるこの歌に接した時、北小路さんもついにこういう心境に達したかと、胸を打たれた。歌の心得のない私が、批評めいたことをいうのは、先輩に対して失礼かも知れない。が、子供の時から親しくつき合い、おぼろげながら彼が経て来た過去を知るものにとって、この諦観は美しいだけでなく、幸福なものに思われる。いうまでもなく、「うす日さしをり」の一句が、ここでは利いているのだが、あえていうなら、それが彼の優しさであり、一見平凡に見えるこの歌を、深みのあるものにしている。いってみれば、これは序文にひとしいもので、あとにつづく歌の数々は、彼がどのように「つまづき」、いくたび己れを「ふり返」ってみたか、その苦い体験の告白に他ならない。

安かりと　おのれに己を偽はらせ
粥の熱きに舌を焼きけり

父を憎み　家出せし　わが生臭き
その同じ手に　今は墓を洗ふ

幼かる淫売抱き　名を問へば
母と同じきあき子と答ふ

おほ寺の　軒より落つる霧の露
この音をしも　われ尋め来しか

柳原燁子《あきこ》（白蓮）の子に生まれ、幼くして母に捨てられた公家の青年が、どのように悩み、屈折した道を辿ったか、私には想像することもできない。父母のことを彼は語らなかったし、私生活についても何一つ知るところはない。ただ戦中戦後へかけて、窮乏生活に堪え、ずい分辛い思いをされたことは察していた。そんな時でも北小路さんは、公家が往々にしておちいるような、いやしい根性はみじんも見せなかった。といって、空しい虚勢をはるわけでもない。与えられた運命に、素直に順応しているといった風で、だから私も安心してつき合うことができたのである。

今は宇治川のほとり、平等院の森が見渡せる一角に、静かな生活を送っていられる。学生時代から白樺派の人々と親しく、広範な趣味をもつ教養人にとって、それはまことに似合った住居であり、おさまるべき所におさまったという落着きが感じられる。

宇治へ移ってからの北小路さんは、今まで作ったことのない、――というより、むしろ避けて通って来た歌の世界に没入するようになった。

「自分でも不思議で仕様がない、いくらでも歌が口をついて出る。便所の中でもできてしまう」そう私に語ったことがある。宇治の自然と、特殊な環境が、今まで眠っていた藤氏の魂を呼び醒ましたのであろうか。「便所の中でも」というのはむろん冗談だが、最初の歌集にはたしかにそういうものがあった。だが、今度のはちがう。うわべは美しく詠みくだしているが、この世の向う側を見てしまった人間のどうしようもない眼が生きている。

そこを行くものの姿は　にんげんか
定かならねど　町角に消ゆ

かの紙治　呆けのはての白き足
おぼつかなくも歩み消えゆく

夏草の長くのびたる白き道
たまには蛇のうねりゆく道

暮れ方は何の色ぞも　川水の
変化を見つつ　去にし人思ふ

あま雲の　別れ離れにし女らの
背中を吹くか　この凩の音

私は任意にとり上げているにすぎないが、どの歌にも、「この風の音」は聞え、さだかならぬ物の怪の気配がする。だが、そんな説明を加えるより、次の一首の方がより鮮やかに北小路さんを語っていると思う。

里見弴　九十翁はやや酔ひて
僧正遍昭め　とわれに宣る

里見さんが、どういう気持ちで、こんなことをいわれたのか、私は知らないが、北小路さんの人品骨柄には、僧正遍昭の再来を想わせるものがあり、その美点も欠点もうけついでいる。末世に生まれたばかりに、歌の姿は痩せ細ったかも知れないが、平安貴族が夢にもみなかった世界を体験したことは幸いとせねばならない。五節の舞姫をしばしとどめるよりは、別れた女の後姿を吹く風の方が、私たちの心に深く沁みるのである。

――一九七八年

祖父母のこと

『幕府瓦解史』という本を読んでいたら、寺田屋騒動のくだりに、橋口伝蔵の名を見出し、ふと、祖父のことが思い出された。

伝蔵は、私の祖父の実兄で、薩摩藩の急進派に属し、寺田屋において、同じ薩藩の討手に殺された。祖父は、樺山資紀といい、若いころ、橋口家から養子に来たが、非常にこの兄のことを尊敬していた。血を血で洗う闘争がつづいた年月、彼がどこで何をしていたか知らないけれど、いずれは微禄な士のこととて、過激な分子のはしくれであったろう。私が子供のころ亡くなったから、委しい話は聞いていないし、また昔話を楽しむたちの人でもなかった。祖父にしてみれば、思い出したくないこともたくさんあったに違いない。殊に西南戦争で、官軍の将として、唯一の師とも先輩とも頼む西郷隆盛を敵に戦った辛さは、生涯忘れ得ぬ恨事だったらしい。人に聞かれると、「しまいには西郷ドンに弾がなくなって、石のつぶてが飛んで来た」とのみ、あとは言葉もなかった。またこういうことも言っていた。自分など明治の元勲とか何とかいわれるけれども、ほんとうに立派な人たちはみな御維新の時に死んでしまった。残ったのはカスばかりだと。

伝蔵を切ったのは、奈良原という人であった。むろん殿様の命を含んで殺したのだが、同じ藩の先輩のこととて、しじゅう顔を合わせる機会があったらしい。鹿児島では、一つでも年下のものに対して、年長者は絶対である。特に祖父はそういうことにかけて礼儀正しい人だったが、ある時、一緒に食事している最中、つと立ち上ってお膳をひっつかむと、奈良原の頭上めがけて打ちおろした。皿は飛び散り、お膳は砕けた。酒の上の若気の至り、まさしくそれに違いないのだが、「お祖父様にはそんな滑稽なところがあった」と人が話してくれた時、私には滑稽とも無邪気とも威勢がいいとも思えなかった。そんな不様な表現しか、許されなかった祖父は、どれほどのおもいに堪えていたことか。

明治維新史は、事新しくいうまでもなく、涙なくしては読めぬ古今未曾有《みぞう》の革命史だが、私は今まで断片的にしか、ということは、殆んど無知に等しかった。別に読む必要が生じたわけではないが、年の故か近ごろ自他をかえりみるのに、他のどこの国にも見られない一種不具的な、他の言葉でいえば伝統の断絶とでも名づけたいような欠陥が、あらゆる物事の上に現われており、その主な原因は、いわゆる御一新の破壊にあったとしか思えない。そういうことは、今までにも、たびたびいわれたことだろう。だから私の発見でも何でもないのだが、自分ではどうしようもないそういう直感が、私を当時の歴史へとひきつけて行った。そこで、はからずも、時代の犠牲者たる大伯父に出会い、その残した唯一の形見ともいうべき祖父の面影を、不透明な霧に包まれた過去の中から、生前見たよりも少しはっきりと、もう少し身近に、感じてみたいと思ったにすぎない。

明治という大きな舞台を描くには、大きな才能と知識を要するであろう。それは専門家に任せておく。私には、もはや古ぼけて黄色くなってしまった祖父の思い出と、幼い心にうつった二、三の映像を再生するだけで充分である。そういえば、先日祖父の写真をはじめて見た女の子が、

「これ、ひい御祖父様？　スサマジイ！」

と感嘆した。妙な感嘆の仕方だが、まことにスサマジイ人間がいなくなった今日、それは極めて適切な表現だったかも知れない。今、ひい御祖父様の写真は、定期券と一緒に子供の財布の中におさまっている。

写真というものが、文字どおり真を写すかどうか知らないが、思いもかけぬ表情をとることはある。苦み走った人が、やに下って写ったり、きれいな人が醜い面を現わしたり、その反対であったりする。何枚か残っている祖父の写真は、いずれも

スサマジイ風貌をしているが、現実の人間は、少なくとも私の知る範囲では、穏やかでつつしみ深い老人であった。一度も怒った顔を見たことがないし、大きな声を聞いたこともない。

私が覚えてからは、大磯の海岸に住んでおり、その家を「二松庵」と名づけていた。松林の中に、目立って大きな松が二本あり、祖父の書いたものによると、其状如双竜昇於天とあって、数百年の風浪に堪えた姿がよほど気に入っていたらしい。実際、その瘤《こぶ》だらけの老松は、大地をのたうち廻ったあげく、天へ向かってたくましい幹をのばしていた。別に「園芸場《ば》」とよばれる農園が山手の方にあり、毎日そこへ通うのが晩年の日課であった。当時としては珍しいアスパラガスやアーティチョークの類を作っており、私はよくその散歩について行った。道々相手をしてくれるのは祖母の方で、祖父は大方だまっていた。記憶に残っているのは、家の中では漢詩の本をひもどいている姿と、外では六尺ゆたかな上背と広い肩幅が、雲つくばかりという形容にふさわしく、後からついて行くと祖父以外の何も見えなくなるのであった。

朝食は、ベランダ風の、――といっても、住んでいる家自体がバラックなみの安普請なので、どこもかしこも廊下みたいな部屋だったが、そのつき出た所の一室で摂った。パンと目玉焼と紅茶を飲む。が、実際にたべるのはパンだけで、お目玉は丹念にきざんで、雀にやってしまう。雀はそれを心得て、毎朝窓際にかたまりあって待っていた。

「ソイ、ソイ」（ソレ、ソレ）と鹿児島弁で言いながら、大きな老人が、小さな雀に餌をやる。窓をへだてて松原越しに海が見え、白帆が一つ二つ流れて行く。血なまぐさい過去を持つ人間にとって、これ以上の慰めが望み得たであろうか。功成り名遂げて、もはや何匹かの雀と、海の香りと、松の音しか要らなくなってしまった人、祖父の後姿はそんな風に見えた。こういう人物に有りがちな、豪傑ぶったところも、重々しいところもない、といってふつういう意味での人情味もない、ただ漠として大きく、傍にいると、何となく安心していられる、しかとした印象を与えぬそうした人間の、それが何よりしかとした印象であるならば、私にとって祖父ほど語るに難しい人はない。

家には何冊かの錦絵というのか、似顔を描いた版画があった。日清戦争のところをあけると、祖父が西京丸という船（徴用の御用船で軍艦ではない）の甲板で、血刀ふるっている図があり、足元で砲弾が炸裂《さくれつ》しているのに、「その時、樺山少しも騒がず」という註がついていたりした。

西南戦争の陸軍参謀長が、日清戦争では海軍軍令部長に化けたばかりでなく、自ら一兵卒として立ち働いている。そのことだけでも、いかに当時の人々が、つぎはぎだらけのやりくり算段で、大事に処したか見当がつくというものだ。曲りなりどころではない、何もかも、最初からやり始めねばならなかった。祖父はきっと、航海の術はおろか、海軍の事情なぞ、少しも知らなかったに違いない。

こういう話がある。私の記憶に間違いがなければ、中国には定遠《ていえん》・鎮遠《ちんえん》という最新式の軍艦があり、艦隊を率いてどこかの沖にいるはずだった。それを見つけるのが当面の目的だったが、いつまで探してもつかまらない。万策つきてとある港に錨をおろし、甲板の上から、ジャンクに乗って物売りに来る支那人を、落胆と疲労のあまり放心した眼で、見るともなしに眺めていた。その中に、一人のみすぼらしい老婆が交っていたが、まるで天の啓示のように、この人に聞けば必ず艦隊の行方がわかる、と瞬間にしてさとったという。はたして彼女はすらすらと教えたが、とたんに黄海の沖に浮かんだ敵艦隊の全容が、祖父の肉眼にありありと見えた。逡巡する余地はなかった。西京丸は錨をあげ、それが手柄を立てる切っかけとなった。

信じがたい話だが、過ぎ去ってみれば、当人にとっても不可解だったらしい。何故一老女の言をそうたやすく信じたか、何故空に浮かんだ幻を疑わなかったか。人はそれを一笑に付さないまでも、疲労の故に帰するかも知れない。だが、見るとは正しくそういうことではないだろうか。精神が一点に集中した時、肉眼では見えないヴィジョンが、心に映じたとしても不思議ではない。

そういう時に当たって、そういう人間が、どんな気持ちで戦いにおもむいたか。おそらく、気持ちなんてものは持ち合わせなかったに違いない。立派な覚悟とやらも、無縁のものだったであろう。覚悟とは、しっかりした地盤の上にはじめてでき上がるものである。もしあったとしたら、事に当たってどのようにも変化する、平常心のことだ、と答えたかもわからない。ある日、私はたずねた。

「お祖父様、ほんとにこわくなかったの？　爆弾が破裂しても平気なの？」

「そりゃ、こわかったさ。あんな恐ろしいことはなかった。平気でいたなんて嘘だよ」

私にはそれがとても可笑《おか》しく、いつまでも笑いころげていた。お祖父様の弱虫！だが、今は笑えない、こわいことが、はっきりこわいといえるまでに、人間は幾たびこわい目に会わねばならぬことだろうか。

ある時、知人が掛物を持参した。頼山陽の詩軸を、鑑定して貰いたいという。そういうことにかけて祖父は苦手だったが、例の無口だったので、モゾモゾしているうちに見せられてしまった。

「いかがでございましょう」

「真と思えば真、偽と思えば偽じゃ」

臭い言葉である。が、祖父の口から自然にほとばしる時、それは素朴な木の香りがした。自分の他何も信じられなかった時代に、生きた人間の体験から生まれた言葉だからであろう。同じ着物でも、着る人によって違うようなものである。

鳥打帽に、はげちょろけたセルの着物、兵児帯を無造作に巻きつけたそういう姿しか、私には思い出せないのであるが、ある夏の日、幼稚園から帰ってくると、庭の表ががやがやしている。珍しく祖父が参内の為上京し、大礼服を着て、大勢の人に取り巻かれ、新聞社か何かが撮影している最中であった。ちょうどいいところへ帰って来た。お祖父様と一緒に撮って頂きなさい。だが、私は幼いころ、無口で無愛想な子供だったから、そんな晴れがましいことは嫌いだった。さんざごてた末、むりやり祖父の膝へ押しつけられたが、仏頂面をして写っているのはその為ばかりではない。祖父はそっと抱いたつもりだろうが、大力無双の大男のこととて、息がつまるほど苦しく、その上一杯胸につけた勲章が、うすもののドレスを通してつきささる、撮影は長くかかる、その痛さ苦しさは、今こうやって書いていても私の背中と胸に甦えるのである。

祖父は私がたしか十二の年、八十六で亡くなった。もっともそれより三年前、脳溢血で倒れ、一週間の昏睡の後平常に復し、最後は肺炎で死んだのである。

葬式は、海軍葬というので行なわれ、いよいよ埋葬にとりかかった時、水兵たちが墓へ向かって大砲を撃つ。戦死の形をとるのである。それは非常に印象的で、美しく、何もかも終わった、という感じがした。

　祖父が日常の物事に対して無関心なのに比して、祖母は陽気でお喋りで、時には口喧しい人だった。西南の役には、陣中までついて行って働いたくらいだから、薩摩の女らしく勢いはよかったが、いつなん時、何が起るか知れないといって、きちんと帯をしめて寝るような人でもあった。

　鹿鳴館のダンスパーティでは、着馴れぬ洋装のコーセットがきつすぎるのを我慢して、卒倒したという珍談もあるし、八十一のお祝いには保名を踊る元気さで、死の床でも口三味線でうたっていた。鹿児島という所は、昔は芸者を必要としないくらい、一家の主婦や娘がお取持ちをする風習があり、私が見た範囲では、有名な男尊女卑はほんの外面のことにすぎず、家庭内では、夫は妻のいいなり放題で、我慢する場合が多いようであった。

　殊に祖父にとっては、そんなことはどうでもよかったに違いない。趣味とか、教養は皆無だった。大磯の隠居所と、東京の若夫婦、つまり私の父母たちとは、生活態度が、ことごとく違っており、これは明治の新華族に通有な特徴だが、わずか一代の間に、よくこんなに進歩したと思われるほど、ごくふつうな意味において文化的であった。

　が、それはまた明治という一時代の、烈しい世相の鏡だったかも知れない。たとえば調度一つにもその変遷は現われており、祖父の所でごてごての薩摩焼なぞ出されると、私は御飯が喉を通らなくて困ったものである。

そういう風な暮らしぶりだったから、私の父母たちは、殊に母は、時々恥ずかしいおもいをしたようである。祖父の葬式の際、祖母は、「八十六で死ぬのはおめでたいのだから」といって涙一つこぼさず、自ら朱で寿の字を書いたお菓子を会葬者に配った。

またお祖母様のアレがはじまったと、私たちは穴あらば入りたい心地がしたが、今ふり返ってみると、むしろ恥じていいのは思いやりもなく笑った私たちの方ではなかったか。わずかの知識や、趣味のよさを、文化と誤解したこの私ではなかったか。

おもうに、維新と名づける破天荒な事業は、祖父が封建武士から陸軍の将官へ、更に海軍提督へと何の躊躇もなく転身したように、過去も未来も打ち捨てて、ひたすら現実の中に飛びこむことのできた人々だけに可能な革命であった。悲しいことに、それは為しとげなければ国が危うい止むに止まれぬ勢いであった。

毒には毒をもって制するのたぐいで、後に海軍部内に薩摩の勢力がはびこりすぎた時、西郷従道に協力し、その専横を押えることに努めたと聞くが、早くに要職を退いたのも、軍人が政治にたずさわることを快しとせず、自分の仕事はもう終わったという自覚と、次の世代の完成を急いだからに他ならない。

残念ながら、何もかもその希望どおりに行かなかったようだが、若い人たちへ対して、常に一種敬虔ともいうべき、信頼感を持ちつづけていた。その眼は最後まで光っていたが、父に向かっても忠告がましい意見をのべたことはなく、孫の私にすら、ものを強いたことは一度もない。祖母の饒舌を聞き流し、黙々と、雀の餌をきざんでいる姿には、懺悔の僧の面影があった。

二月八日、祖父は眠るがごとくに永眠した。

その前夜か、或いはその明け方であったか、子供ながら不安なおもいに堪えかねた私は、表へ出た。祖父と一緒に通いなれた散歩道である。ふと気がつくと、今や月が富士の肩に沈みかかっている。刻一刻、ついに、まったく、没してしまった。烏羽玉《うばたま》の空にきらきらと、今まで影のごとくにうっすらと浮かんでいた霊峰は、突如輝きを増し、その全身を現わして行った。そこにはふだんの富士の優雅はなく、美しいというよりむしろ悽愴をきわめた。

私は言葉もなく、再び闇がすべてを呑みつくすまで佇《たたず》んでいたが、もしかすると、祖父のことを思い出したのも、維新史を読んだからではなく、その時受けた感動が、あまり烈しく忘れがたい刻印を残した為かもわからない。といって、彼の死と、この風景を結びつけるつもりはない。祖父の長い一生は、茫漠としてとらえにくく、これはまたたくうちに消え去ったいわば自然のたわむれにすぎない。だが、似たような経験を持つ人は、私がいおうとして巧くいえないでいることを、自然と人間のあいだには、何か言葉では説明のつかぬ微妙な交わりがあることを、必ず理解して下さるに違いないと信じている。

——一九六三年

あとがき

「鶴川日記」は、昭和五十三年に、読売新聞の「自伝抄」に連載した随筆である。私は自伝を書くほど立派な仕事をしていないし、日記もつけてはいない。まったくつけていないといったら嘘になるが、私の日記はメモみたいなもので、それもたとえば十月二十日に、椿が咲いたとか、七月十日、蜩《ひぐらし》鳴くといった体のものだから、すべて記憶にたよる以外になかった。ただ戦争中に、東京郊外の鶴川村（現在の町田市）に移った時の経験が書ければ、いくらか読者にとっても興味があると思ったにすぎない。さすが大新聞のこととて、たくさん投書を頂いたが、また編輯部の意向によって、テーマを左右されることも多かった。三部にわけたのは、そのためである。

同じ年に私は、「ミセス」に「東京の坂道」という連載を書いた。近頃、東京は大分変わってしまったので、坂の今昔といっていいかも知れない。取材をするのは楽しかったが、編輯者の二宮信乃さんにはずい分お世話になり、御迷惑もかけた。

第三章の「心に残る人々」は、一種の訪問記と呼んでもいいもので、折にふれてつき合った先生方や、近親のことをまとめたものである。まとめて下さったのは出版部の方たちで、今まで書いた多くの作品の中からえらぶのは面倒な仕事だったと思う。「心に残る人々」とは、十六、七年前に出版した本の題名で、その中に祖父のことを書いているのと、ほかに適当な名前も浮かばないところから、同じ題にした。私の取材に快く応じて下さった先生方と、編輯部、出版部の方たちにお礼が申しあげたい。

白洲正子

昭和五十四年十一月

本書は、一九七九年文化出版局より刊行された『鶴川日記』を再編集したものです。
著者のオリジナルのニュアンスを伝えるため、原文をそのまま使用しました。

写真提供——P.3、4、196　撮影＝片山攝三

この作品は、二〇一〇年二月にＰＨＰ研究所より刊行された。

著者紹介
白洲正子（しらす　まさこ）
1910年、樺山伯爵家の次女として東京に生まれる。幼少の頃から能に親しむ。学習院女子部初等科修了後、14歳で米国留学。直前に女性として初めて能楽堂の舞台に立つ。1928年帰国、翌年白洲次郎と結婚。戦後は青山二郎、小林秀雄らと親交を結び、文学や古美術の世界へ入っていく。『かくれ里』『日本のたくみ』など随筆家として数々の執筆活動を続けた。1998年死去。

PHP文芸文庫　鶴川日記

2012年6月1日　第1版第1刷
2025年9月5日　第1版第8刷

著者　白洲正子
発行者　永田貴之
発行所　株式会社PHP研究所
東京本部　〒135-8137 江東区豊洲5-6-52
文化事業部　☎03-3520-9620（編集）
普及部　☎03-3520-9630（販売）
京都本部　〒601-8411 京都市南区西九条北ノ内町11
PHP INTERFACE　https://www.php.co.jp/
組版　朝日メディアインターナショナル株式会社
印刷所　大日本印刷株式会社
製本所　大日本印刷株式会社

ISBN978-4-569-67782-8